Sobre

Las Nueve Perfectas, Epopeya de Gĩkũyũ y Mũmbi del autor Ngũgĩ wa Thiong'o

ORIGINALMENTE ESCRITA Y PUBLICADA EN LENGUA BANTÚ GĨKŨYŨ, la lengua materna de Ngũgĩ wa Thiong'o, como *Kenda Mũiyũru: Rũgano rwa Gĩkũyũ na Mũmbi* (2019) y traducido en inglés por el mismo autor en 2020, *Las Nueve Perfectas* trata de una reinvención epopéyica de la historia del pueblo Gĩkũyũ de Kenia central.

Esta edición bilingüe comprende la obra original en lengua gĩkũyũ y su traducción al español.

Con un lenguaje sabiamente sencillo, en *Las Nueve Perfectas* Ngũgĩ wa Thiong'o pone al desnudo verdades eternas que abren camino a la esperanza, templan el corazón y satisfacen la necesidad humana de saber que la vida tiene sentido. Con palabras, imágenes, figuraciones y mensajes nos muestra cómo hacer posible el gozo y la convivencia enriquecedora, sin omitir que, incluso entre la misma gente o la hermandad del clan humano, puedan darse grandes pero también solubles diferencias y desavenencias. De esa manera, con gran visión de lo real, nos advierte: «los desacuerdos que agudizan la mente son la piedra de afilar de la vida. Pero los desacuerdos que azuzan la espada son piedras de afilar de la muerte»; «El guerrero y el luchador traen a casa trofeos de lágrimas. El que construye la paz y el pacificador traen a casa trofeos de dicha». Razonar con el corazón detiene las guerras y es mejor que alimentar la pugna, derramar sangre o blandir la espada. Abrazar al otro es abrazar al humano que llevamos dentro, aunque hay que prevenirse de aquel humano que ataca a lo humano.

La narración, escrita a modo de cuento y en la forma de verso épico, combinando folklore, mitología y alegoría, interpreta el mito de origen del pueblo Gĩkũyũ, el grupo étnico más numeroso de Kenia. Las heroínas son las nueve hijas de Gĩkũyũ y Mũmbi (legendarios patriarca y matriarca, respectivamente, de la etnia gĩkũyũ), *las feministas originarias*. Están dotadas de belleza, coraje, sinceridad, confianza, generosidad, gusto por el trabajo, determinación y sentido de lo justo, además de poseer dones naturales que siembran a su alrededor, distintas cualidades con las que vencer la dificultad, satisfacer sus cometidos, sus necesidades, y el cuidado o la defensa de lo propio y de los suyos. Las Perfectas encarnan la verdad, la sana belleza, el sentido de lo humanamente sagrado, así como la firmeza de carácter y corazón; aborrecen la necedad, y no transigirán ni cederán ante la codicia, la falsedad, el miedo, la envidia, la coacción o ante aquello que limite su libertad de ser quienes realmente son.

Todo ello hace que Las Perfectas, las hermosas valientes, despierten tanto la espontánea admiración como la duda o negación de sus detractores que, solo por ser ellas mismas, las tienen como una superchería.

En el *iter* narrativo, cautivados por la fama de su belleza, llegaron pretendientes al casamiento de todos los lugares de la tierra, quienes se iniciaron en su búsqueda atraídos por la hermosura nacida de la montaña y seducidos por la fantasía de alcanzar esa imagen soñada. Ya en el mundo de lo real, de los 99 pretendientes, los que vencieron el reto y las pruebas fueron *los que son compañeros en todo*, quienes tras completar la aventura, demostraron cualidades varoniles pero también similares a las de Ellas.

Al comienzo de la historia habla el narrador. Después la epopeya cambia de voz narrativa por el «nosotros» más inmediato de las Nueve Perfectas, relatando entonces los sucesos épicos del mito de héroes y heroínas, en un viaje de peligros que habrá de enfrentarlos a la dramática batalla de la supervivencia, y que juntos, mujeres y hombres, realizarán. Un largo viaje repleto de acontecimientos extraños y hazañas sobrehumanas que pondrán a prueba sus mentes agudas, sus destrezas y la sabiduría de sus corazones, y que habrá de culminar con el regreso a casa y el logro victorioso de la misión.

Aunque cada una de las hermanas designadas como las Nueve Perfectas son presentadas y nombradas individualmente desde el principio, se las presenta con una sola voz y no de forma individualizada. Lo mismo ocurre con los pretendientes. Solo la décima, Warigia, sin la que las Nueve Perfectas no están completas, destaca con una personalidad propia y singular, así como el pretendiente elegido por esta.

Ngũgĩ wa Thiong'o (1938) es periodista y escritor de origen keniata, autor de numerosas novelas, ensayos y cuentos, muchos de los cuales están escritos en idioma gĩkũyũ.

Ha ejercido como profesor en Kenia, Uganda y en la Universidad de Nueva York, Actualmente compagina la docencia en la Universidad de California en Irvine con su papel como activista y conferenciante en defensa de las lenguas minoritarias y los derechos humanos.

Sus novelas y memorias han recibido entusiastas elogios de personas como el presidente Barack Obama, el *New Yorker*, el *New York Times Book Review*, *The Guardian* y *NPR*. Ha sido finalista del Premio Man International Booker; y sus libros han vendido decenas de miles de copias en todo el mundo. Ha sido nominado en varias ocasiones al Premio Nobel de Literatura.

En marzo de 2021, *Las Nueve Perfectas* se convirtió en la primera obra escrita en una lengua indígena africana en ser candidata al Premio Internacional del Libro, y Ngũgĩ se convirtió en el primer nominado como autor y traductor del mismo libro.

Entre sus obras más destacadas encontramos *Un grano de trigo*, *El brujo del cuervo*, *Reforzar los cimientos*, *El diablo en la cruz*, *Descolonizar la mente* o *El río que nos separa*.

Publicado originalmente como: *Kenda Mũiyũru: Rũgano rwa Gĩkũyũ na Mũmbi*

De la edición en inglés de 2020: *The Perfect Nine: The Epic of Gĩkũyũ and Mũmbi*

Las Nueve Perfectas
Epopeya de Gĩkũyũ y Mũmbi

Diseño y maquetación: Emepece Studio

Editorial Cielo Eléctrico
C/ Bermeo 19. 28023 Madrid
www.cieloelectrico.com

1ª edición en castellano: noviembre 2023

ISBN: 978-84-125191-7-4
Depósito legal: M-8500-2023
Impresión: Grafilur, SA

Ngũgĩ wa Thiong'o

Las Nueve Perfectas

Epopeya de Gĩkũyũ y Mũmbi

Poesía épica

Traducción de Rosa María Alonso Antón

Edición bilingüe

cielo eléctrico

También por Ngũgĩ wa Thiong'o

Ficción

Wizard of the Crow
Petals of Blood
Weep Not, Child
The River Between
A Grain of Wheat
Devil on the Cross
Matigari

Relatos breves

Secret Lives
Minutes of Glory and other Stories

Teatro

The Black Hermit
The Trial of Dedan Kimathi (con Micere Mugo)
I Will Marry When I Want (con Ngũgĩ wa Mĩriĩ)

Ensayos

In the Name of the Mother
Decolonizing the Mind
Writers in Politics
Globaletics
Moving the Centre
Re-membering Africa
Homecoming
Secure the Base
Detained: A Writer's Prison Diary
Dreams in a Time of War
In the House of the Interpreter
Birth of a Dreamweaver
Wrestling with the Devil

Cuentos para niños

Njamba Nene and the Flying Bus
Njamba Nene's Pistol

Reconocimientos

ESTA HISTORIA SE HA CONTADO Y VUELTO A CONTAR como parte de las tradiciones del pueblo Gĩkũyũ. He aprendido mucho de todos sus ricos relatos. Me gustaría agradecer a los siguientes por su estímulo en mi narración e interpretación: Njeeri wa Ngũgĩ; Njaũ wa Njoroge y Wambũi; Mũkoma wa Ngũgĩ; Wanjikũ wa Kabĩra; Kĩmani wa Njogu; Kĩarie Kamau; Kĩmani wa Nyoro; y Julius Maina. Y gracias a Emmanuel Kariũki, por su investigación que rastrea los orígenes de los Bantúes hasta el Antiguo Egipto. Y a ti, Kamoji Wachira, por nuestras muchas conversaciones sobre las lenguas, el desarrollo de Kenia y África y sobre las migraciones de los africanos.

Notas sobre

Las Nueve Perfectas: La historia de Gĩkũyũ y Mũmbi

LOS GĨKŨYŨ SON UNO DE LOS DIVERSOS PUEBLOS que forman la nación de Kenia. Cada uno de ellos posee su propia lengua y su propio mito de la creación (en gĩkũyũ la «u» se pronuncia como la «o» en «boat»; la «i» se pronuncia como la «a» en «take»).

Los gĩkũyũ remontan su origen genealógico hasta Gĩkũyũ (hombre) y Mũmbi (mujer).

Dios colocó esta pareja en lo alto de la cima nevada del monte Kenia, desde donde contemplaron las tierras circundantes. Fundaron su hogar en un lugar llamado Mũkũrũwe wa Nyagathanga. Tuvieron nueve hijas, aunque en realidad fueran diez. De ahí las Nueve Perfectas.

La leyenda cuenta que cuando las jóvenes alcanzaron la edad de casarse, Gĩkũyũ regresó a la cima de la montaña y pidió a Dios que proveyera. Al despertar una mañana, la familia encontró diez apuestos jóvenes a la puerta de su casa en Mũkũrũwe wa Nyagathanga. Los diez clanes del pueblo gĩkũyũ reciben el nombre de las diez hijas.

La obra épica *Las Nueve Perfectas* es una interpretación de ese mito y comienza con una pregunta: ¿de dónde provenían los Diez pretendientes? Los he imaginado como los últimos que quedaron en pie frente a los que fracasaron en las pruebas de temperamento y determinación.

Las hijas, criadas sin hermanos, habían tenido que valerse por sí mismas. Tuvieron que aprender todas las habilidades necesarias para la supervivencia: defenderse a sí mismas, trabajar la tierra, construir y hacer cosas, incluyendo casas, ropas y armas. La autonomía era esencial en su personalidad. Suya era la unión de mente, corazón y manos. Encarnaban la sana belleza. Las Nueve Perfectas podrían ser las feministas originarias.

Yo uso la búsqueda de la belleza como ideal de vida, como la fuerza motriz que dirige las migraciones de los africanos. La epopeya se me ocurrió una noche como revelación de los ideales de búsqueda, coraje, perseverancia, unidad, familia, y el sentido de lo divino, en la humana lucha entre naturaleza y cultura.

ÍNDICE

Sobre *Las Nueve Perfectas, Epopeya de Gĩkũyũ y Mũmbi* del autor Ngũgĩ wa Thiong'o i

Reconocimientos xi

Notas sobre *Las Nueve Perfectas: La Historia de Gĩkũyũ y Mũmbi* xiii

1. Prólogo 17
2. Súplica para Obtener el Poder de la Palabra 27
3. Las Nueve Perfectas 35
4. El Viento y el Avestruz 43
5. El Banquete, Cánticos y Danzas 49
6. Gĩkũyũ y Mũmbi 57
7. Pruebas, Derrotas y Triunfos 71
8. Misión a la Montaña de la Luna 81
9. El Viaje 85
10. El Ogro y el Pelo que Todo lo Cura 101

11. El Ogro de la Oscuridad Infinita 107
12. El Ogro que Arrojaba Fuego y Furia 113
13. El Ogro que Excretaba sin Parar y Otros 117
14. Los Ogros con Bolsas que Nunca se Llenaban 121
15. La Hiena y el Buitre 131
16. Los Ogros con Máscaras Blancas 135
17. El Pelo que Cura Todos los Males 139
18. Esponsales 143
19. La Adopción y los Nombres de los Clanes 147
20. La Primera Boda 149
21. Warigia 159
22. Warigia y el León 165
23. Consolidando Vínculos entre Parientes 175
24. Epílogo: El Testamento de Gĩkũyũ y Mũmbi 177

Sobre el Autor 181

Las Nueve y los Ogros 183

1

Prólogo

Contaré la historia de Gĩkũyũ y Mũmbi
Y de sus hijas, las Nueve Perfectas,
Matriarcas de la Casa de Mũmbi,
Fundadoras de sus nueve clanes,
Progenitoras de una nación.

Contaré sus viajes y las
Innumerables dificultades que encontraron en su camino,
Temblor tras temblor bramando desde el vientre de la tierra, y
Erupciones que rompían el suelo a su alrededor,
Resquebrajando las crestas de la montaña, estremeciendo la tierra, mientras

Nuevas colinas se levantaban desde el suelo
Otras ardían, irradiando sus llamas hacia el cielo,
Y profundos y anchos valles se formaban tras ellas.

Cuando Gĩkũyũ y Mũmbi miraron hacia atrás,
Vieron un río de espeso lodo rojo avanzando hacia ellos,

Escalaron las cumbres montañosas,
Cualquiera que pareciera libre del fuego, pero
Justo cuando buscaban donde sentarse
Para tomar un imprescindible descanso
Vieron una gran roca roja,

Precipitándose sobre ellos,
Obligándoles a retroceder sobre sus talones, descendiendo hacia las llanuras.
Nuevos fuegos estallaron a su paso, y una vez más
Hubieron de deshacer el camino, batiéndose en presurosa retirada,
Al encuentro de cualquier lugar que ofreciera una tregua.

Se enfrentaron a peligros tan grandes como para romper en pedazos los corazones
[de muchos.
Sus cuerpos temblaban, pero su ánimo permanecía firme,
Porque Gĩkũyũ y Mũmbi se habían revestido de esperanza
Y, sosteniéndose con coraje el uno al otro, siguieron adelante.

Alcanzaron entonces una montaña
Cuya cumbre tocaba el cielo.

Cómo fueron capaces de escalarla, no lo podían comprender,
Pero se hallaron en lo más alto
Donde ahora se erguían, sobrecogidos por

Esa cima, tan blanca e imponente como la luna,
Su frialdad empujándolos hacia atrás como si
Les ordenase parar.
Intercambiaron fugaces miradas, sin saber
Si avanzar o retroceder.

Ante ellos se extendía la heladora blancura,
Que amenazaba congelar sus corazones;
A sus espaldas bullían lentos rojos ríos de fuego,
Y la tierra en convulsión,
Y la roca fundida rodando hacia ellos.

No dejaron morir la esperanza.
No preguntaron, «¿Por qué nosotros?».
Ni se permitieron culparse el uno al otro.
Se mantuvieron firmes, y
Levantaron la mirada al frente para encontrar el camino.

Mucho más allá, divisaron un nuevo pico
Con una cima blanca como la luna, como aquella en la que se hallaban,
Como si las dos montañas hubieran nacido de una misma madre.
Y dijeron, «Otra Montaña de Luna».
Vieron aún otras elevaciones más,

Tendidas unas junto a otras como los pliegues de un cuero al sol.
Gritaron, «¡Mira, las montañas de los pliegues de cuero!».
Las había con forma de fríjoles negros Njahĩ.
Estas recibieron el nombre de Njahĩ Bean Mountains.
Y aún divisaron otras, las Mbirũirũ —Las Montañas NegroAzuladas—.

El paisaje era hermoso.
Por un momento quedaron sin palabras para describirlo
Las llanuras ondulantes que se extendían ante ellos, o
Las colinas y los valles que los cercaban, o
Los ríos que fluían entre lirios verdes y juncos.

Incontables animales de diferentes formas y colores
Se inclinaban sobre las aguas, bebiendo y mugiendo, gruñendo y rugiendo de
[placer;
Otros se pavoneaban en las orillas o simplemente se deleitaban al sol.

Gĩkũyũ y Mũmbi se volvieron uno hacia el otro y murmuraron algo
Cautivados por su asombro.

Se recrearon contemplando la serena tierra verde a sus pies
Y extendieron sus brazos en respetuosa reverencia.
«Recibimos esto con todo nuestro corazón, Oh Dador Supremo», dijeron al unísono.
«Gracias, Dueño de la Blancura del Avestruz, por esta tierra que
Nos habéis dado, a nuestros hijos y a los hijos de nuestros hijos».

Recogieron en el cuenco de su mano algo del blanco luna
y lo esparcieron sobre la tierra a su alrededor.
Comenzaron mirando al norte y salmodiaron:
¡Paz! Gloria a Ti, Dador Supremo. ¡Paz!
Después se volvieron hacia el sur y dijeron:

¡Paz! Gloria a Ti, Dador Supremo. ¡Paz!
Después se volvieron hacia el este, la tierra del sol naciente:
¡Paz! Gloria a Ti, Dador Supremo. ¡Paz!
Y por último, al oeste, la tierra del sol poniente:
¡Paz! Gloria a Ti, Dador Supremo. ¡Paz!

Y de pronto sintieron sus espíritus conmoverse y elevarse con alegría.
Recordaron los lugares que antaño habían transitado,
Algunos de ellos con montañas y bosques como los que ahora contemplaban,
Ríos como estos, animales como estos,
Mas sus corazones no se habían sentido cautivados por ellos.

Y ahora toda la belleza que habían dejado atrás
Había reaparecido multiplicada por diez para que ellos la disfrutaran.
Más gratitud hacia el Dador Supremo brotó en su interior.
Y prorrumpieron en himnos de alabanza:

Dueño de la blancura del Avestruz, te alabamos
Por este esplendor que tanto ilumina,
Este suelo, estos arroyos, y las numerosas colinas,
Y animales de variadas formas y colores.

Estas flores reflejan tu gloria.
Plantas, animales y pájaros
Y criaturas que habitan en ríos y lagos
Toda la creación ensalza tu gloria

Escuchamos y oímos la voz.
Eras tú diciéndonos que confías en nosotros

Para atender esta belleza con cuidado y amor
Porque este milagro manifiesta tu gloria.

***

Por bosques y montañas en el eco se escuchaban
Las melodías, las palabras y los ritmos.
Voces procedentes de todas las cosas se mezclaron en el aire,
Pájaros saltaban en las ramas con gozo,
Monos se colgaban de los árboles con entusiasmo.

Gĩkũyũ y Mũmbi descendieron de la montaña.
No se detuvieron para mirar atrás.
Cuando la fatiga finalmente los alcanzó,
Yacieron en el suelo y durmieron durante nueve meses,
El gran profundo sueño primigenio.

El gorjeo de los pájaros *nyagathanga* les despertó.
En los árboles *mũkũrwe* y *mũkũyũ*,
Los pájaros brincaban arriba y abajo en sus nidos, difundiendo su eufórica canción,
Como si silbando invitaran también al hombre y a la mujer a
establecer su propio nido ahí, bajo los árboles.

Se sentían como si hubieran vuelto a nacer.
Mũmbi cogió una hoja del *mũkũyũ*, la higuera.
«Por haber despertado a una nueva vida,
Yo, con esta hoja de *mũkũyũ*, te nombro hijo de *mũkũyũ*,
Llamándote Mũgĩkũyũ...».

***

Pararon junto a un olivo silvestre, un *mũtamaiyũ*.
Gĩkũyũ cogió algunas hojas de *maiyũ*.
Las olió y se sintió bien.
«Aún eres el Mũmbi que moldeaste mi corazón, pero
En el nombre de estas hojas, yo también te llamaré mi Mũtamaiyũ».

Empezaron a jugar con los nombres,
Probando diferentes variaciones,
Diferentes apodos,
Hasta que terminaron con
«¡Marido! ¡Mujer!», nombrándose al unísono.

Intercambiaron miradas,
Sus ojos despidiendo luz,
Habitantes de un lugar de ensueño.

Entonces se volvieron hacia la tierra:
«¡Paz! Gloria a Ti, Dador Supremo. ¡Paz!».

A continuación se giraron hacia la montaña de la blancura del avestruz y
Salmodiaron gratitud al Dador Supremo
Por traerles a Mũkũrũweinĩ.
Cantaron más himnos de gratitud
Por su nacimiento seguro bajo el santuario de Mũkũrũweinĩ.

Dueño de la Blancura del Avestruz, te alabamos
Por esta luz que nos rodea,
Este suelo, estos ríos y las numerosas colinas,
Y estos animales de diferentes especies.

Incluso yo, narrador de este relato, primero haré lo mismo:
Implorar al Dador Supremo que conceda paz a mi corazón, para que
Pueda contar esta historia de Gĩkũyũ y Mũmbi y sus Nueve Perfectas,
Exactamente como el viento se la susurró a mi espíritu, cuando una vez
De pie sobre una colina observaba las golondrinas volando en el aire.

Capítulo dos

Súplica para obtener el Poder de la Palabra

¡Paz! Sea tuya toda la gloria, Dador Supremo.
¡Paz! Sea tuya toda la gloria, Dador Supremo.

En algunas partes de África lo llaman Mulungu, pero es el mismo Dador.
Los zulúes le llaman Unkulunkulu, pero es el mismo Dador.
Otros lo llaman Nyasai, Jok, Oldumare, Chukwu o Ngai, pero cada uno de ellos es [el mismo Dador.
Los hebreos le llaman Yahvé o Jehová, y es el mismo Dador.
Los mahometanos le llaman Alá, y es el mismo Dador.

Dios tiene muchos nombres, y todos ellos apuntan al Dador Supremo
En el antiguo Egipto vieron a Dios manifestarse en la trinidad de
Osiris,
Isis,
Horus.

***

La trinidad aparece en muchos estados del ser:
Padre,
Madre,
Hijo.
La trinidad del Nacimiento.

Nacimiento,
Vida,
Muerte.
La trinidad de la Vida.

Mañana,
Tarde,
Noche.
La trinidad del Día.

Ayer,
Hoy,
Mañana.
La trinidad del Tiempo.

El Tiempo fluye como río sin fin
El Tiempo de Ayer en el Tiempo de Hoy,
El Tiempo de Hoy en el Tiempo de Mañana.

***

Ahora es Ahora y no es Ahora porque el Tiempo no se detiene.
Ayer es Ayer y no es Ayer porque el Tiempo no se detuvo.
Mañana es Mañana y no es Mañana Porque el Tiempo no se detendrá.

El Día es la impecable unión sin costuras entre Ayer, Hoy y Mañana.
El Hoy proviene del Ayer llevando el Mañana en sí mismo:
El entrelazado del Tiempo.

El pasado y el pasado del pasado y
El futuro del futuro son un continuo:
El Círculo de la Vida.

Dios es Vida.
Dios es Uno.
La Vida es Una.

Uno es el comienzo de toda la creación;
Uno es la unidad percibida por los sabios egipcios
Y los griegos y los hebreos y todos los buscadores de

***

La Unidad que conecta el suelo firme, y el mar, y la Tierra
Y los espacios siderales que vemos por encima de nosotros
Y los numerosísimos mundos que no podemos ver con nuestros ojos.

En esos espacios siderales habitan soles y lunas y estrellas,
Los que vemos y muchos otros que no vemos,
Son la morada de estrellas que iluminan la noche y muestran el camino.

La Unidad es el comienzo de la multiplicidad.
El viaje de miles de millas empieza con un solo paso.
Nunca menosprecies una gota de lluvia.

Dios es el agua.
Dios es la tierra.
Dios es el aire.
Dios es el sol.

Dios es la Cosa en sí misma:
La cosa en lo humano,
La cosa en la cosa,
La cosa en el lugar,
La cosa en la materia,
La cosa en todas las cosas
Porque esa Cosa está en todo y en todas partes.

Entre los gĩkũyũ, se llama Mulungu,
El dueño de la Blancura del Avestruz.
Dios tiene muchos nombres pero todos ellos apuntan al mismo Dador Supremo.

Cantemos:

Dios es oscuridad y luz.
Él es el ser y el no ser.
Ella es las estrellas y la luna y el sol
Y todos los espacios intermedios.
Dios es el pasado del pasado
Y el pasado antes del pasado.
Dios es el eterno presente.
Dios es el mañana de mañana.
Él es distancia; él es cercanía.
Ella es el aquí y el allí y el en todas partes.

Dios es el Dador Supremo, pero no puede ser dividido,
Porque es el Supremo Dador.
Él se multiplica a sí mismo y se da a sí mismo.
Ella se entrega a la tierra y al agua y al viento.
Se da a las plantas y a los animales, a los pájaros y a las criaturas del mar.
Ella es el comienzo de todos los comienzos
Él es el final de todos los finales,
Pero el final es el comienzo
La tierra y lo que está debajo de la tierra son suyos porque ella es la tierra.
Los cielos y los cielos por encima de los cielos son suyos porque él es los cielos
Dios está en todas partes, en todo momento, todo el tiempo.

Gloria a Dios, el Dador Supremo.
Gloria a Dios, el Dador Supremo.

Compartir es el mandamiento del Dador Supremo.
Ayudarse uno al otro es el mandamiento del Dador Supremo.
Apoyarse uno al otro es mandamiento en toda la creación.

Ningún órgano del cuerpo es suficiente por sí mismo.
Trabajan juntos porque saben que
Ayudando a los demás, se ayudan a sí mismos.

Gloria al Dador Supremo.
Gloria al Dador Supremo,
El Dador dentro y fuera de todos nosotros.

Capítulo tres

Las Nueve Perfectas

Te imploro el don de poder contar fielmente la historia de Gĩkũyũ y Mũmbi,
Que es también la historia de sus hijas, las Nueve Perfectas,
Y de cómo la noticia de su belleza se extendió por toda la tierra,
Empujando a los hombres a tomar mazas y espadas para resolver sus disputas sobre
Las bellas, cuya hermosura aún no habían contemplado con sus propios ojos.

Los que habían comido más sal en este mundo trataron de mediar en la paz:
Deponed vuestras armas, jóvenes varones. La bella siempre nacerá.
Razonar con el corazón es mejor que blandir la espada.
Los corazones se ganan con buenas obras, no con armas de oro.
Las Nueve Perfectas son las matriarcas de los nueve clanes de Gĩkũyũ y Mũmbi.

Comenzaré designándolas por su nombre, de una en una:
Wanjirũ, Wambũi, Wanjikũ, Wangũi, Waithĩra también conocida como Wangeci,
Njeri del clan Mũceera, Mwĩthaga además llamada Nyambura, Wairimũ,
Wangarĩ conocida también como Waithiegeni y Wamũyũ.

Esta última completa las nueve, para formar las Nueve Perfectas
Ellas son las matriarcas de los nueve clanes; y
Cada clan tiene rasgos que se remontan hasta su matriarca.

Wanjirũ, Matriarca del Clan Anjirũ

De las Nueve Perfectas, es la mayor
Su clan jura por el nombre de Njirũ.
Se cuenta que una vez maldijo a una hiena,
Cuando simplemente había echado una maldición sobre la codicia.
Su rostro irradia empatía y bondad, y
No flaquea cuando lucha por la paz;
Jura por su clan cuando invoca el cese de los conflictos.
Cuando los visitantes llegan inesperadamente a ella desde cualquier lugar,
Ella dice: «No hagáis preguntas del hambre. Primero, dadles de comer».
Su belleza impulsa a los hombres a luchar por caminar a su lado.

Wambũi, Matriarca del Clan Mbũi

¿Cuentan las lenguas que Wambũi vendió un hijo en tiempos de hambruna?
No, le envió a conseguir comida para la gente en una época de escasez.

Regresó con un cesto lleno de alimentos y, después de que el pueblo quedara
[satisfecho, exclamó:
«Un chico lo ha hecho tan bien como una chica, y ahora estamos llenos. En verdad
Un chico y una chica son igualmente capaces de defender el país».
Wambũi teje cestos leyendo las estrellas.
Una vez cabalgó una cebra en el combate y condujo su ejército a la victoria,
Pues, sorprendido el enemigo al ver rayas blancas y negras refulgiendo en las
[llanuras,
Depuso su espada y huyó.
Cuando ella pasa, los hombres casi se rompen el cuello por estirarse a mirarla.
Su clan jura por su nombre, Wambũi.

Wanjikũ, Matriarca del Clan Agacikũ

Su clan jura por el nombre de Wanjikũ
Le encanta el trabajo, y dice que trabajar nunca mató a nadie.
Se cuenta que cultiva mijo suficiente como para alimentar un país.
Devuelve el golpe tan fieramente, que algunas personas afirman que ella provoca
[las luchas

Aprecia tanto su libertad personal y posee tanta confianza en sí misma, que
Los que se conducen impulsados por la envidia la llaman egoísta.

Aborrece las palabras hechizantes de la falsedad.
Sabe todo acerca de las plantas que sanan el cuerpo
Posee también los poderes curativos de la paz.
Es tan hermosa que nadie puede apartar sus ojos de ella.

Wangũi, Matriarca del Clan Thiegeni

Su clan jura por su nombre en el de ella, Ngũi.
Se dice que salió cantando del vientre materno.
Incluso de bebé, colgada a sus espaldas, le cantaba nanas a su madre.
Por eso es llamada Wangoi y Wangũi.
Cuentan que una vez cantó en el patio y
Los pájaros abarrotaron los árboles y arbustos más cercanos para oírla.
Se dice también que su voz obligó a los que hacían la guerra a deponer sus espadas [para escucharla cantar;
Y cuando terminó la canción, se habían olvidado enteramente de la pelea.
Su belleza provocó en muchos dolorosos calambres de cuello, pues los hombres se [volvían para mirarla.
Esa es la razón por la que algunas personas también la llamaron Wangũi, la [rompe-cuellos.

Waithĩra, Matriarca del Clan Thĩra

También llamada Wangeci.
Su clan jura por el nombre Ngeci.
En una ocasión despejó tanto boscaje que se rompió su machete.
Se permite el humor solo tras haber terminado sus tareas.
Waithĩra no se involucra en rumores ni habladurías;
Procura solucionar problemas, no simplemente escucharlos.
No se sitúa a favor de un lado ni del otro;
Quiere conocer todos los hechos antes de decidirse por una opción.
Escucha cuidadosamente ambas posturas antes de decidir.
Es una belleza. Los hombres fingen estar ardiendo con fiebre,
Para que ella los toque al tomar su temperatura.

Njeri, Matriarca del Clan Cera

Se dice que un miembro del clan Mũceera evita la compañía.
Sí, la compañía de los que no tienen carácter.
¿Y también que hace caer los plátanos con el poder de una mirada?
Sí, aunque caen por el peso de su madurez,
Por el cuidado que ella les ha dado.
Njeri razona en busca de la justicia.

Los que buscan el camino correcto le cantan:
«Ármame con la razón para que yo pueda encontrar el camino del medio.
Njeri, por favor visita a la gente negra con el ungüento de las bendiciones».
Un vistazo a su belleza hace que los hombres fatigados por el trabajo se sientan
[descansados.
Su clan jura por su nombre.

Mwĩthaga, Matriarca del Clan Ethaga

Recibe su nombre de los colores que viste,
Pero el clan jura por su otro nombre, Nyambura,
Un nombre concedido por su poder de convocar la lluvia.
Dicen que una Mwĩthaga se hace rica durante la noche, sí, porque
Cada velada, examina los acontecimientos del día y concibe planes para el que
[vendrá.
Utiliza sus poderes para abatir los halcones que amenazan a sus polluelos.
Hace uso de sus poderes para espantar a zorros y hienas que amenazan a sus cabras.
A causa de ello, algunos sostienen que sus ojos tienen el poder de hechizar.
Ella también busca la razón al servicio de la justicia.
Es tan hermosa que los pájaros silban de admiración a su paso.

Wairimũ, Matriarca del Clan Thigia

Su clan jura por su nombre Wairimũ.
Cuida plantas y patatas trepadoras en abundancia.
Modela cuencos, como su madre, pero les añade ornamentos;
Concibe inventos, como su padre, pero les añade dibujos
Esculpe objetos y animales tan vívidamente, que
Sus detractores dicen que atrapa los espíritus de las cosas y de las personas.
Bebe lo que ordeña, come lo que cultiva, viste lo que ella misma ha confeccionado.
¡Aborrece las tonterías! Y cuando se trata de lanzar jabalina, está entre los mejores.
Su belleza hace que los hombres cambien de dirección para seguirla, lo que
Hace a algunos manifestar que es por la similitud que logra en lo que dibuja y
[esculpe.

Wangarĩ, Matriarca del Clan Ngarĩ

Su clan jura por el nombre de Wangarĩ.
Tiene el valor del leopardo; sus ojos brillan con igual fulgor.
Posee la rapidez del leopardo para proteger a los débiles de los poderosos.
Es astuta; una vez exigió un alto en el trabajo para que la gente pudiera descansar y
[hacer fiesta;
Cuando lo reanudaron, continuaron el trabajo con esmero, diligencia y amor.

Una vez lanzó una tea a un leopardo, que huyó, dejando al rebaño en paz.
Dice que los desacuerdos que agudizan la mente son la piedra de afilar de la vida,
Pero los desacuerdos que azuzan la espada son piedras de afilar de la muerte.
Su belleza, una vez, hizo que un joven se cubriera la mano con un paño,
Para que la calidez de su apretón de manos no se escapara o evaporase.

Warigia, Matriarca del Clan Mũyũ

Su otro nombre, Wamũyũ, tiene la misma raíz que Gĩkũyũ,
Aunque también es conocida como Wanjũgũ, por jugar entre judías y guisantes.
Warigia, La Última, es también su nombre, porque fue la última en nacer.
A menudo falta cuando se menciona a las nueve,
Porque, según algunos, dio a luz sin estar casada, en el hogar de sus padres.

Sorprendidos por su infalible puntería, hay quien dice que tiene poderes ocultos.
Pues, de lo contrario, ¿cómo podría una criatura nacida con piernas lisiadas ser tan
[buena con las flechas?
Cuentan que sus dientes eran tan blancos que iluminaban el camino en la
[oscuridad.
Cuando se ríe, incluso los animales la imitan
Su clan jura por el nombre Mũyũ.
Con ella las nueve hijas se convierten en diez, que son las Nueve Perfectas.

Capítulo cuatro

El Viento y el Avestruz

Las nueve nacieron bajo la sombra del monte Kenia.
Nueve avestruces volaron desde su base sagrada en lo alto de la montaña.
Cabalgaron a lomos de las olas del viento,
En las ocho direcciones de los vientos y una hacia el centro,
Anunciando con nueve trompetas, el nacimiento de la belleza que

Más tarde se derramaría sobre todas las cosas que llamamos hermosas.
La fama de su belleza se extendió por Etiopía, Egipto y otras regiones.
Los jóvenes perdieron el sueño, ideando fantasías con las bellas, y
Cada uno marcharía secretamente en persecución de la imagen anhelada.
Cada uno siguiendo el primer río que encontró en su camino.

Unos siguieron el Nilo Blanco, que nace en Nianza;
Otros siguieron el Nilo Azul, con orígenes en Tana.
Otros siguieron el Níger que, se rumorea, fluye subterráneo bajo el Nilo.

Para otros, el Senegal, el Congo, Bangui y Kasai fueron sus ríos de promisión.
Otro grupo confió sus sueños al Orange y Limpopo y Zambeze.

Cuando el río les arrastró a un callejón sin salida, caminaron a través del bosque y
[las montañas.
Las damas de Egipto y de aquellas tierras siguieron a sus jóvenes,
No creyendo que las montañas pudieran engendrar una belleza que rivalizara con
[la nacida del agua.
La belleza nacida de una montaña, ¿cómo puede vencer a la que mana del agua?

Agua.
Tierra.
Aire.
Sol.
¿Cuál de ellas es la fuente de la vida?

El sol nos da calor y luz.
Divide el día y la noche.
Hace que las plantas y los árboles inspiren y expiren.
Los vapores suben hasta los cielos y se convierten en oscuras nubes.

Las nubes quedan preñadas.
Descargan la lluvia.

La tierra bebe el agua.
Las plantas echan raíces,
Ofrecen hojas y flores.
Se deleitan al sol.
Y así sucesivamente, una cosa a la otra,
El círculo de la vida.

Agua.
Tierra.
Aire.
Sol.

Entre el agua, la tierra, el aire, y el sol, no hay ninguno superior.
Juntos, forman la semilla primigenia de la vida.
La vida es una:
Humanos, animales, pájaros, gusanos, criaturas del mar
Cada ser participa del océano común de la vida.

***

Hubo muchos que se extraviaron, y
Donde quiera que terminara su viaje, clavaron una lanza.
Y cuando una hija de las aguas los capturó,

Sintieron como si su sueño se hubiera hecho realidad.
Construyeron un hogar para dar a luz a nuevos sueños.

Fue la búsqueda de lo bello, lo sagrado, y lo seguro
Lo que dio a África diferentes pueblos, clanes y asentamientos.
Noventa y nueve finalmente alcanzaron el monte Kenia,
Como si hubieran acordado previamente dónde encontrarse al final, o
Como si un poder desconocido los hubiera dirigido a Mũkũrũweinĩ.

Una flecha silbó en el aire y aterrizó a los pies de los que iban delante
Todos se detuvieron, cada uno sosteniendo con firmeza sus armas,
Dispuestos a defenderse contra un enemigo invisible,
Pero desde todas partes, las flechas continuaron lloviendo,
Apenas esquivaban sus piernas y sus dedos de los pies.

***

Miraron al frente, atrás y a los lados, mas no acertaron a divisar al enemigo.
Y de pronto oyeron una voz que les ordenaba deponer las lanzas
Y las demás armas que portaban, para colocarlas bajo un árbol.
Obedientemente, depusieron sus jabalinas, espadas y mazas.
Contemplaron entonces a un hombre y una mujer ancianos que se erguían de pie
[ante ellos:

Él llevaba un manto de pellejo de mono colobo;
Sujetaba un bastón en sus manos, y de los lóbulos de sus orejas colgaban grandes
[pendientes.
La mujer lucía anillos de cobre alrededor de su cuello y manos, y
Una larga falda de cuero marrón y coloridos pendientes oscilantes.
En su mano sostenía una espada y una calabaza de cuello largo.

Sus ojos parecían fijos en algún punto más allá de los extranjeros,
Pero su apostura era pacífica
¿Era posible que fueran estos dos ancianos
Quienes hicieron llover flechas por todos los lados y desde lo alto?
«¿Habéis venido en son de paz o de guerra?», preguntó el anciano.

Antes de que los hombres pudieran responder, una mujer joven apareció ante ellos.
Vestía una túnica de cuero, pendientes de cuentas y
Collares y anillos de cobre en torno al cuello.
Sostenía un arco y una flecha; a su espalda colgaba un carcaj para transportarlas.
Parecía dispuesta a lanzar una flecha, pero su rostro era enigmático.

¿Era su rostro el de alguien que está a punto de reír o de hacer la guerra?
Antes de que pudieran comprender el misterio, vieron aparecer más bellezas.
Algunas se detuvieron delante, otras a los lados, pero todas igualmente armadas
[hasta los dientes.

Después de que los hombres hubieron colmado completamente sus ojos con la
[visión de las hermosas valientes,
Supieron que, en efecto, ya habían llegado a su destino.

Sus miedos se desvanecieron;
Su fatiga se evaporó;
El hambre también,
Del mismo modo la sed.
Lo que realmente vieron es que sus sueños se habían realizado.

Se embarcaron en nuevos sueños,
Solo que ahora no sabían si estos eran reales o no,
Porque antes de que los hombres hubieran podido presentarse,
O se hubieran implicado en cualquier preliminar
Se acostaron bajo los árboles más cercanos y quedaron dormidos.

Capítulo cinco

El Banquete, Cánticos y Danzas

«Cuando el sueño llega, no le dices, "Hablemos antes"», dijo Gĩkũyũ.
Mirando hacia atrás, a sus antiguos viajes con Mũmbi,
Vio su propia juventud en estos jóvenes hombres.
«Es el hambre la que se impacienta con la charla», dijo Njeri a su padre.
«Sí, y la sacias con comida, no con palabras», coincidieron Mũmbi y los demás.

Las nueve hijas fueron al bosque a cazar,
Para conseguir suficiente carne y guisar para los noventa y nueve durmientes.
Durante aquellos días fueron a los campos a recoger alimentos que
Cocinar para los noventa y nueve invitados,
Quienes aún roncaban, profundamente dormidos.

Tras nueve días, los hombres fueron despertando, uno tras otro.
Gĩkũyũ les mostró donde reunirse. Y les habló:
«El recién llegado es aquel que trae noticias,

Pero todos estuvimos de acuerdo en que muchas palabras no se obtienen de los que [duermen.
El hambre se impacienta con las conversaciones triviales, así que marchad todos al [río.
Cuando volváis, nos ocuparemos de vuestra hambre y vuestra sed.

Las nueve muchachas condujeron a los hombres por el valle hasta al río, entonando [una canción:
Fluye, río, fluye, pero no fluyas conmigo. Quiero que me laves, no que me disuelvas.
Se quitaron la ropa exterior, dejando únicamente la ropa interior
Y collares de cuentas que caían hermosamente sobre sus pechos.
Waithĩra fue la primera en saltar al río, junto a la cascada.

Solas o junto a sus hermanas, el resto la siguieron, y
cuando los hombres, los noventa y nueve, vieron esto,
También se desvistieron, saltando detrás.

Cuando terminaron de asearse, regresaron al hogar,
Donde encontraron montañas de comida:

***

Carne, batatas, ñames, arrurruzes, mijo, sorgo, gachas de avena y vino de hierbas.
Mwĩthaga invocó la lluvia para que les diera tiempo a agasajar a sus huéspedes
[antes de que cayera.
La lluvia y el viento prestaron atención a sus ruegos y permitieron que el sol
[gobernara sin causarles molestia
Los invitados y los anfitriones escucharon la música que flotaba entre los arbustos,
Una orquesta de grillos, pájaros y ranas, mezclada con aullidos de los animales
[grandes.

Incluso mientras comían y bebían, los jóvenes se miraban unos a otros.
Wangũi cantó una canción de bienvenida.
Los pájaros volaron desde los árboles y aterrizaron en el patio,
Donde, sin miedo se mezclaron con los humanos.
Y aun los animales del bosque aguzaron el oído y escucharon.

Gĩkũyũ se levantó de nuevo: «¿Qué dije?
Es el recién llegado el que trae noticias del exterior.
Habéis comido y lo que quiera que quede os espera.
Así que, ¿qué novedades traéis a este hogar?
Las gentes del lugar del que procedéis, ¿cómo bailan?».

***

Los hombres aceptaron el reto,
Cada hombre bailó la danza de su región de origen,
O una danza y una canción que había aprendido durante el viaje.
Otros hicieron retumbar tambores improvisados
Y flautas, o simplemente tocaron las palmas y silbaron.

Cada hombre ejecutó pasos asombrosos
Algunos saltaron e hicieron volteretas en el aire
Como si no tuvieran huesos de los que preocuparse,
Cada uno tratando de superar a los demás
Y las mujeres aplaudieron y ulularon con júbilo.

Por la noche, las mujeres hicieron una hoguera.
La luz de las llamas se mezclaba con la de la luna y las estrellas,
Era el momento de contar historias sobre sus diferentes aventuras.
Las mujeres quedaban boquiabiertas de admiración y asombro,
Los días iban y venían: festejando durante el día y narrando historias por la noche.

***

Pero una noche, en lugar de una historia, Gĩkũyũ habló así los que estaban
[reunidos:
«Ahora que habéis descansado, comido y bailado, podéis decirnos:

¿Qué es lo que realmente os ha traído desde todos los rincones del viento hasta
[estos lugares?
¿O fue el huracán el que os transportó por el aire como hojas,
Hasta que el viento perdió fuerza y os dejó caer en este patio?».

Hablaron uno por uno, pero la canción era realmente la misma:
Fue la fama de la belleza de estas nueve lo que los condujo hasta aquí.
La noticia de su belleza había alcanzado cada aldea donde quiera que vivieran.
Por la noche, en soledad, cada uno había contemplado la silueta de una bella en sus
[sueños,
Y ni siquiera a la luz del día la imagen soñada desaparecía.

Si uno trataba de atraparla, esta se escurría burlona,
Tentándolo con la suavidad de la belleza negra,
Y con ojos que brillaban como estrellas en la noche.
Sin decir nada a nadie, emprendieron el viaje de búsqueda.

***

Algunos se encontraron en el camino, todos empeñados en la misma misión

Hacia el destino entrevisto en sus sueños.
Y cuando, después de tantas pruebas, finalmente llegaron,
Descubrieron que la belleza de sus fantasías los había engañado,

Pues ahora vieron con sus propios ojos que
La belleza en realidad era aún mayor que cualquiera otra que hubieran visto en
[sueños

«¿Así que vinisteis aquí para alimentar vuestros ojos de belleza?», preguntó Mũmbi,
«¿Para tener historias que contar cuando regreséis a vuestras casas?».
«No, no, no vinimos aquí para acaparar historias que contar después».
Cada uno de ellos tenía el único y sincero deseo de conquistar el corazón de una de
[las nueve
Y llevársela a su casa para crear un nuevo clan.

De repente escucharon risas en la oscuridad.
Ninguno había oído jamás una risa que trasmitiera tanta alegría.
Y vieron unos blancos dientes y dos ojos brillando en la negrura,
Pero cuando la luz del fuego iluminó a la dueña de la risa,
Se desconcertaron al ver una mujer adulta arrastrándose

«Warigia es mi última hija», explicó Mũmbi. «Ella completa las Nueve Perfectas.
Sus ojos pueden ver a gran distancia, y sus oídos escuchar sonidos lejanos.
Sus piernas son los únicos órganos que siguen siendo los de un niño.
El resto de su cuerpo es el de una mujer adulta, y hace las cosas como ella misma
[desea.
Dijo que se tomaría su tiempo para veros y oíros».

«Ahora las habéis visto a todas», dijo Gĩkũyũ.
Las nueve se han convertido en las Nueve Perfectas.
Vosotros sois noventa y nueve.
¿Dónde encontraré otras decenas para satisfacer vuestras necesidades?
¿O queréis que cada una de las nueve termine con nueve de vosotros?

Capítulo seis

Gĩkũyũ y Mũmbi

Un hombre se levantó, temblando de rabia.
Apenas podía pronunciar palabra.
«Cada uno de los pretendientes posee una espada y una maza.
Luchemos entre nosotros. Los golpes seleccionarán al merecedor.
Los nueve pretendientes que queden en pie conseguirán a las nueve».

Y con la última palabra, desenvainó su espada,
Y se pavoneó furioso, bramando como un toro bravo,
Murmurando amenazas, alimentado por el deseo de luchar y conquistar.
Los demás sacaron sus espadas y gritaron desafíos,
Noventa y nueve espadas brillando en la oscuridad.

Los que hasta hace poco se habían bañado juntos y compartido comida,
Ahora se parecían más a animales rabiosos, sacando los colmillos,
Cada uno afirmando que su región de origen era más especial que la de los demás,

Que su pueblo era el elegido de Dios,
Que su Dios era el Dios verdadero.

«¿Qué es esta exhibición de estupidez?», preguntó Wairimũ.
«¿Vinisteis aquí, de donde sea que hayáis venido, para traernos esta necedad?
¿Guerra entre vosotros? ¿Es que no sois hombres maduros?
¿Por qué guerra entre la misma gente?
¿Vinisteis hasta aquí por Amor o por Guerra?».

Sus hermanas ulularon en apoyo de sus sabias palabras.
Wangũi comenzó una canción.
Las demás se le unieron.
La rabia en el corazón de los pretendientes se calmó;
Envainaron sus espadas.

Dijo Mũmbi:
«Mi nombre es Mũmbi,
La creadora de la alfarería,
La creadora de las formas,
La creadora del carácter,
La creadora de lo creado».

Dijo Gĩkũyũ:
«Mũmbi que me hizo su cautivo,
Mũmbi que aterrizó en mi corazón,
Mũmbi que gana corazones con la razón,
Mũmbi que se deleita en la verdad y la paz.
Dejemos que Mũmbi comparta más de su sabiduría».

Dijo Mũmbi:
«Llevé a las Nueve Perfectas en mi vientre
Cada una durante nueve meses,
En total, noventa meses.
En mi casa no se derramará sangre sobre ninguna de las nueve,
A menos que sea la de una cabra para comer u ofrecer bendiciones».

Dijo Gĩkũyũ:
«Todos hemos descendido de los mismos humanos.
Heredamos su humanidad,
Que ahora es nuestra para cuidarla, fomentarla y transmitirla en legado a la
[siguiente generación,
Pero siempre hay quienes intentan hundirla.
Que pueden habitar entre nosotros o venir de otros lugares

Construir requiere un trabajo duro,
Para quien mira hacia el mañana.
Destruir es un trabajo fácil,
Para el que quiere volver al ayer,
Como una persona adulta que desea seguir siendo niño».

***

«La guerra destruye vidas.
La paz restaura vidas.
El guerrero y el luchador traen a casa trofeos de lágrimas.
El que construye la paz y el pacificador traen a casa trofeos de dicha.
Mi amada y yo vinimos de lugares remotos en busca de paz.

Empezamos como un grupo numeroso,
Algunos huyendo de guerras sin sentido,
Otros de desafíos terribles, mientras que
Otros eran conducidos por el deseo de saber qué había más allá.
El ser humano está impulsado por la búsqueda del amor y del conocimiento.

Viajamos hacia las Montañas de la Luna,
Su brillo nos llamaba como las nueve os sedujeron hacia aquí,
Algunos se perdieron o se detuvieron para construir nuevas aldeas.

Finalmente, quedamos nosotros dos; permanecimos juntos,
Sangre joven, nuestros corazones latiendo con esperanza.

Quizá un día nos unamos nosotros y los demás, porque
Todas las personas nacidas de humanos,
Que se conocen a sí mismos como descendientes de humanos
Son nuestros hermanos, miembros del clan humano,
Sí, orgullosos hijos e hijas de lo humano.

Vamos, abracémonos en amistad.
Vamos, bebamos juntos en amistad.
Vamos, compartamos juntos una comida.
Viniendo uno, vienen todos. Ayudémonos unos a los otros.
Cada ser humano es humano gracias a otros humanos.

Por eso hemos acogido con agrado vuestra visita, porque
Enriquece lo humano que hay en nosotros, lo que hace humano lo humano.
Al daros la bienvenida abrazamos lo humano que llevamos dentro,
Pero también estábamos listos para proteger nuestra humanidad,
Para asegurarnos de que no fuera destrozada por los enemigos de lo humano.

Lo humano, como lo divino, tiene muchos nombres, pero su verdadero nombre es
[Humano

Lo humano está en todas partes en todas las cosas terrenales, porque
La cosa en lo humano es la cosa en todas las cosas.
La cosa en lo humano es la cosa en el lugar, la cosa en el tiempo: la cosa en sí
[misma.
La Cosa en todas las cosas es lo que hace que la cosa en el humano sea una cosa
[humana.

Mũmbi y yo hemos recorrido un largo camino desde muy lejos,
Escalamos infranqueables colinas y montañas,
Descendimos por empinados valles.
Hemos cruzado gargantas de fuego;
Hemos atravesado ríos de lava».

Preguntó Mũmbi:
«¿Habéis visto alguna vez colinas levantándose del vientre de la tierra?
¿Habéis tenido que correr alguna vez descalzos apenas un paso por delante de las
[candentes rocas de fuego?
¿Habéis visto alguna vez brotar repentinamente un río de la ladera de una montaña
Papilla fundida de color rojo incandescente, que fluye lenta pero implacablemente?
¿Habéis oído hablar alguna vez del dragón de las aguas?».

Dijo Gĩkũyũ:
«Nosotros lo vimos, una vez, con su boca emergiendo sobre la superficie,

El cuerpo oculto bajo las aguas, extendiéndose hacia abajo de modo inexplicable.
Levantaba olas que se propagaban desde aquí hasta el horizonte, pero
Cerca de la tierra, las olas salpicaban espuma blaquecina como si nada aconteciera
[en el interior
Y después vomitaban su blanca furia en la orilla».

Dijo Mũmbi:
«A veces enviaba agua hacia los cielos en una curva de arco iris.
Por eso también corrimos hacia la seguridad de las montañas,
E incluso allí, habréis oído hablar de las maravillas que nos acontecieron:
Ardientes rocas arrojadas desde el vientre de las montañas,
Y ríos del color de la sangre brotando hacia los valles».

Dijo Gĩkũyũ:
«Buscábamos comida juntos.
Cazábamos animales juntos.
A veces los animales nos perseguían a nosotros;
Otras veces nosotros los alcanzábamos.
Jóvenes, ¿cómo podría contar esta historia?».

***

Dijo Mũmbi:
«Una vez me desplomé a causa de la fatiga.
Entonces vimos una criatura mayor que un elefante.
Tenía siete cuernos, siete patas, siete ojos,
Siete orejas, siete narices, y siete cabezas.
Vino hacia nosotros, con sus siete bocas abiertas de par en par,

Y justo cuando pensábamos que nuestro viaje había terminado,
Una gran sombra apareció y nos cubrió».
«Era el pájaro más grande que yo haya visto nunca», dijo Gĩkũyũ.
«Se cernió en círculo sobre nuestros dos cuerpos y nos alzó con las garras», dijo
[Mũmbi,
«Y voló con nosotros hasta que finalmente nos dejó caer a tierra, alejándose».

«Hemos visto todo eso y más», dijo Gĩkũyũ.
Y Mũmbi soportó todo
Y sus pasos en todo caminaron junto a los míos
Lanzado piedras, empuñando porras, jabalinas, o flechas.
Cualquier cosa que yo hice, también lo hizo ella, mi compañera en todo.

No sé cómo alcanzamos la cima de la montaña o
Qué fuerza nos trajo aquí sin un rasguño.
Y, como vosotros al llegar, inmediatamente nos quedamos dormidos.

Dormimos durante nueve meses,
Cubiertos por un cálido manto de paz.

¿Existe alguna bendición mayor que la paz?
«Nos despertamos y nos encontramos debajo de ese árbol», dijo,
Y se detuvo a señalar en la dirección de Mũkũrũwe.
«Y cuando nos despertamos, Mũmbi quiso pelear conmigo,
Retándome para ver quién era más fuerte.

Luchamos todo el día,
Midiéndonos el uno al otro».
(Se detuvo y de nuevo señaló al árbol).
«Ahí, bajo ese árbol, nos rendimos el uno ante el otro,
Miles de pájaros contemplaban nuestro juego.

Vosotros también vivisteis lo mismo
Sois noventa y nueve hombres y las Nueve Perfectas.
Mis hijas elegirán.
Pero hay una sola cosa que no podrán elegir:
Mis hijas no se marcharán, dejándonos aquí solos».

***

Dijo Mũmbi:
«Sí, querré jugar con mis nietos e incluso con mis biznietos.
Cuando las personas envejecen, necesitan ser cuidadas, del mismo modo en que [ellas cuidaron antes a sus niños
Los que fueron una vez alimentados, ahora alimentan a los que una vez les [alimentaron a ellos.
Si os lleváis a nuestras nueve, ¿esperáis que nosotros hagamos viajes para [visitarlas?
O vosotros, al igual que habéis hecho, ¿viajaríais acaso desde tan lejos para venir a [vernos?».

Dijo Warigia:
«No dejéis que la preocupación os inquiete.
Permitid que mis hermanas se vayan si así lo desean.
Yo nací la última
No iré a ninguna parte
Juro permanecer aquí con vosotros para cuidaros durante la vejez».

Dijo Mũmbi:
«Es verdad que fuiste la última en nacer,
Pero todas vosotras estáis sujetas a las mismas reglas.
No hay favorita, te queremos por igual,

Y por mucho que tus piernas te impidan caminar,
Sigues siendo una de las Nueve Perfectas».

Dijo Gĩkũyũ (dirigiendo su voz a los invitados):
«Mi espíritu es grande; da la bienvenida al mundo.
El que finalmente una sus manos con una de ellas… nos convertirá en parientes.
La gente conforma el mundo, no simplemente el suelo. ¿Qué dijimos?
Un ser humano es humano debido a los otros seres humanos.
Todas las personas son personas debido a las otras personas.

Ese es el significado de los saludos
Tu mano y mi mano se estrechan en una unión de amistad.
Grande y pequeño, hombre y mujer, esposo y esposa,
Construimos una nueva comunidad, un nuevo mañana.
El que no acepte esta regla, que se vaya en paz».

Un hombre se puso en pie y dijo:
«Vine desde mi región para llevarme a la mía de regreso a casa.
Vine a casarme para llevarme, no para que me quiten».
Otros tres se mostraron de acuerdo; otros cuatro se les unieron.
Los ocho tomaron sus armas y se marcharon.

Dijo Gĩkũyũ:
«Ahora quedan noventa y un pretendientes.
Noventa y uno en busca de las nueve.
Mis hijas no elegirán a ciegas.
Solo el tiempo y los hechos hacen que las personas se conozcan.
Retirémonos para pasar la noche. Nos reuniremos mañana para la realización de
[unas pruebas».

A la mañana siguiente, los llevó a ver las casas,
Como si los invitados no las hubieran visto ya adecuadamente.
Eran dos chozas grandes y un granero lleno con la cosecha.
Había un corral dividido en dos partes, una para las vacas
Y otra para las cabras y ovejas.

«Construimos esto con nuestras propias manos», dijo Gĩkũyũ,
«Y cuando las nueve llegaron a la mayoría de edad, levantaron las suyas.
Viven en su propia casa, excepto Warigia, que aún vive con su madre.
Todos vosotros dejaréis de dormir a la intemperie, como animales,
Pero tendréis que levantar vuestras propias viviendas».

«Por allí construiréis las vuestras», dijo Mũmbi.
«Tan pronto aparezca el sol por la mañana, empezaréis.
Cuando el sol se haya ido a dormir, habréis levantado diez chozas.

Nueve hombres en cada choza
Y cada una de las cabañas llevará el nombre de una de las Nueve Perfectas».

Desde el interior de la casa de la madre se escuchó un grito de Warigia.
No quería que ninguna de las chozas llevara su nombre.
Su propio corazón era su casa.
El que ella permitiese entrar en él sería el suyo,
Y ella ya lo había elegido.

Wambũi les mostró dónde podían cortar madera para la construcción.
Les dijo que la reverencia por toda forma de vida era una de las reglas de Gĩkũyũ y [Mũmbi.
Dañar plantas y animales sin una buena causa era dañar la vida.
Nunca mates a un animal a menos que sea en defensa propia o para satisfacer el [hambre.
Y si uno arranca un árbol, debe plantar otro para reemplazarlo.

Se dividieron en grupos para las diferentes tareas de acuerdo con sus habilidades,
Sin decir «este es trabajo de mujer» o «aquel es trabajo de hombre».
Cada grupo cortó y transportó o bien los postes, o bien carrizo y hierba para techar.
Y así, cuando llegó la puesta de sol, se habían levantado nueve chozas con muros, [tejado de paja y todo.
Cada una llevaba el nombre de una de las nueve, excepto el de Warigia.

Otro día Gĩkũyũ les llevó a un santuario
Situado en otra parte del bosque.
Señaló un hogar de tres piedras
Con arcilla roja y un fuelle junto a las mismas.
«Fabricar cosas es un asunto de manos y ojos», dijo,
«Todas mis hijas son hacedoras de cosas».

Mũmbi después los llevó a otro santuario, un lugar para elaborar cerámica y
[alfarería.
«Esculpir con arcilla es otra manera de forjar», les dijo,
«Hacemos ollas y otros utensilios de arcilla para varios usos
También hacemos cucharas de madera para machacar la comida en los cuencos
Y calabazas de madera y otros recipientes para gachas y agua».

Aún otro día, Gĩkũyũ les habló de nuevo.
«¿Qué os dije? Estas nueve harán su elección.
Habrá algunos obstáculos que tendréis que salvar, de modo que lleguéis a conoceros
[mutuamente.
Nadie puede quejarse nunca de lo que uno mismo ha elegido libremente.
Cada una de las muchachas seleccionará diez, de entre los cuales surgirá el más
[valioso en su elección final...».

Capítulo siete

Pruebas, Derrotas y Triunfos

Durante todo este tiempo ninguna de las nueve había parecido favorecer a ninguno
[de los pretendientes.
Pero cuando se les propuso escoger diez candidatos para su grupo
Cada una se encontró señalando al mismo hombre como primera opción.
La disputa estalló entre ellas,
Cada una reclamando que su corazón lo había seleccionado a él primero.

La riña adquirió un giro amargo; siguieron los insultos
Wanjirũ, la del ojo malvado.
Njeri, la de la lengua endiablada.
Wambũi, la hacedora de maleficios.
Wanjikũ, la pendenciera.

Wairimũ, la desposada con la estupidez.
Wangarĩ, la mezquina.
Nyambura, la malhablada.

Waithĩra, la perezosa.
Wangũi, la inmadura.

***

Warigia no se dejó atrapar por la pelea.
Sus ojos brillaron intensamente sobre una persona que no identificó
Gĩkũyũ y Mũmbi quedaron sin palabras.
Nunca habían oído a sus hijas insultarse de ese modo.
Mũmbi se llevó aparte a las nueve a su cabaña para reprenderlas.

«¿Dónde, cómo y cuándo aprendisteis estos insultos,
Desviados de los caminos de la justicia, el respeto, la paz y el amor?
¿Quién dijo que los desacuerdos honestos agudizan la mente y alimentan el [espíritu,
Pero que aquellos que afilan la espada con ira embotan la mente y matan el alma?».
«¡Wangari!», dijeron todas.

«¿Quién condenó a la hiena en los corazones humanos?».
«Wanjirũ!», gritaron juntas.
«¿Quién dijo que la razón debe enraizarse en buenas palabras?».
«¡Wambũi!», exclamaron al unísono.

«¿Quién dijo que sus artes eran para curar y no para matar?».
«¡Wanjikũ!», dijeron a la vez.

«¿Quién proclamó que todo el mundo debería ser respetado?».
«¡Waithĩra!», dijeron todas.
«¿Quién rechazó la necedad?».
«¡Wairimũ!», dijeron al unísono.
«¿Quién dijo: "Seamos la lluvia que apaga el fuego"?».
«¡Mwĩthaga!», respondieron.
«¿Quién tiene una voz que detiene las guerras?».
«¡Wangũi!», dijeron de nuevo todas.
«¿Y quién dice que siempre debemos tomar el camino del medio?».
«Njeri», reconocieron, ciertamente.

«Sí, porque el medio rechaza los extremos.
La razón ve ambos lados del camino
Vuestro padre y yo hemos recorrido un largo trayecto juntos.
Hemos discutido entre nosotros llegando a descubrir quiénes somos.
Nos hemos puesto a prueba el uno a otro con palabras que construyen, y no con las
[que arruinan.

Un buen corazón está dirigido por una cabeza fría.
Corazón, cabeza y mano trabajan juntos para un mismo fin.

Todos necesitamos que otra persona nos diga lo que hay a nuestra espalda.
Debemos de considerar este asunto de un modo diferente.
Dejemos que la razón salga victoriosa.

Aunque no estéis durmiendo en su interior,
Cada una de las cabañas que se construyeron lleva vuestro nombre.
Por haber peleado entre vosotras,
Los hombres permanecerán en el umbral de la choza de su elección.
Al final, elegiréis a uno de los que están bajo vuestro techado.
Cuando el corazón encuentra su objetivo, la cabeza decide. Nunca peleéis por un
[hombre».

Todo sucedió como Mũmbi había dicho. Los hombres fueron al techado de su
[elección.
Un hombre se trasladó de uno a otro; como si estuviera insatisfecho con las
[opciones que tenía ante sí.
Terminó eligiendo el suyo al azar.
Ahora cada techado tenía diez hombres, por lo menos
Porque Warigia se había negado a tener una choza con su nombre.

«Desde que vinisteis a nosotros, habéis comido y bebido hasta saciaros», dijo
[Gĩkũyũ.

«Durante el día ha sido tiempo de danza, durante la noche tiempo de contar
[historias.
Os habéis tendido en la hierba y dormido bajo los arbustos,
Pero ahora tenéis techos bajo los cuales podéis protegeros,
Y son techados que habéis elegido libremente».

«Este bosque que nos rodea es la fuente de toda nuestra bebida y alimento.
Los ríos nos dan agua. Las ropas las hacemos con las cortezas de árboles o pieles de
[animales.
Todos los habitantes de la naturaleza, plantas, animales y pájaros, son nuestros
[amigos y compañeros.
Les hablamos, porque cada criatura y objeto habla una lengua.
Ahora queremos comprobar cuántos lenguajes de la naturaleza podéis dominar».

Cuando llegó la noche, las jóvenes se escondieron entre la fronda oscura
Los hombres debían de encontrarlas sin la ayuda de luz alguna
Ni un solo pretendiente fue capaz de encontrar a ninguna de las mujeres en la
[oscuridad.
Cada hombre volvió solo, explicando que estaba demasiado oscuro para poder
[distinguir nada
Sin embargo cuando regresaron, las mujeres los seguían muy de cerca.

Ahora era el turno de los hombres, cada grupo de diez, uno tras otro.
Los del grupo de Wanjirũ fueron los primeros en esconderse en la oscuridad
Wanjirũ los encontró. Estaban perplejos: «¿Cómo era posible que ella viera en la
[oscuridad?».

Era el turno de los otros grupos, de uno en uno,
Pero las jóvenes fueron capaces de encontrarlos.

Dijo Gĩkũyũ:
«Mũmbi y yo descubrimos el secreto hace mucho tiempo:
Los árboles, el fuego, el viento, los hombres y animales por igual
Todo posee una voz, aguda o grave.
Incluso los pasos del animal y del humano emiten un sonido.
Cuando este choca con un obstáculo devuelve un eco».

Dijo Mũmbi:
«Sí, todo devuelve un sonido. Aunque sea suave,
Si escuchas el eco con atención, podrás saber qué objeto lo envió.
El oído, el ojo del espíritu, distingue entre el sonido y el eco
y sabe qué lo produjo y de dónde proviene.
Por esa razón les decimos a nuestras hijas que mantengan sus oídos alerta».

***

La prueba del día siguiente consistió en una competición para confeccionar ropas de
Pieles de animales ya sacrificados para comer.
También se compitió trepando a los árboles y saltando de rama en rama
Haciendo fuego, frotando piedras duras o palos, y
Lanzando jabalinas, mazas, piedras y otros objetos arrojadizos.

El último día la prueba fue una demostración de habilidades con flechas.
Armados con arcos y un carcaj de flechas, los hombres siguieron a Gĩkũyũ.
Los llevó a un lugar en el que se erguía un inmenso árbol con el tronco hueco.
En el medio del tronco, junto a la base de la primera rama, estaba el ojo del árbol,
Una cicatriz sin corteza con forma de anillo.

«Quiero que cada grupo muestre a mis hijas su habilidad con las flechas
Cada hombre solo y su puntería», dijo Gĩkũyũ.
«Permitidme primero ilustrar con un ejemplo lo que deseo daros a entender»,
[añadió.
Mũmbi y Gĩkũyũ retrocedieron unos pasos.
Mũmbi tomó una flecha del carcaj y la colocó en el arco.

Entonces guiñó un ojo, tensó el arco, y la soltó.
La flecha silbó en el aire en su trayectoria hasta el ojo del árbol.
Gĩkũyũ hizo lo mismo. Se convirtió en una competición entre los dos;

Sus ojos brillaron intensamente como si hubieran retrocedido al tiempo de su
[juventud.
Los jóvenes comenzaron a silbar y a aplaudir, celebrando con admiración.

«Cuando la edad avanza exige renovación», dijo Mũmbi.
«Ahora es el turno, jóvenes hombres y mujeres, de mostrar vuestras habilidades.
Pero no dispararéis desde donde antes lo hicimos, pues nosotros somos viejos», dijo
[Gĩkũyũ.
Retrocedió unos pasos más, bastante distancia.
«Ahora, Wanjirũ, es tu turno, el tuyo y de tu grupo».

***

El grupo de Wanjirũ comenzó a preparar sus arcos y flechas.
Todos los hombres del grupo fueron capaces de golpear el ojo.
Ahora volvieron la vista hacia Wanjirũ
Que hizo lo mismo: miró, tensó y disparó al ojo.
Los otros grupos siguieron, con similar resultado.

Tras el éxito igualitario en todos ellos,
Gĩkũyũ retrocedió varios pasos y pidió que disparasen desde allí.
Durante un tiempo, los grupos se mantuvieron igualados en sus logros.

Pero Gĩkũyũ aumentaba cada vez más la distancia.
Al final era tal, que apenas se divisaba el ojo.

En el grupo de Wanjirũ, solo un hombre fue capaz de alcanzarlo,
Como la vez anterior, Wanjirũ fue la última en probar suerte.
Su flecha silbó en el aire y se dirigió directa al ojo.
Los otros grupos le siguieron, acertando solo uno o dos hombres.
En cuanto a las jóvenes, ni una falló en alcanzarlo.

Gĩkũyũ retrocedió algunos pasos más.
Todos, incluidas las mujeres, fracasaron en alcanzar el objetivo.
Pero justo cuando estaban a punto de dejar de disparar e intentar otra cosa,
Escucharon una voz a su espalda que anunciaba: «Mi turno».
De repente, oyeron una flecha que silbaba directa al centro del ojo.

Warigia disparó una tras otra, y todas sus flechas alcanzaron su meta.
Los hombres se miraron unos a otros, preguntándose cómo podía hacer tal cosa una
[mujer con las piernas tullidas
Sus propias hermanas estaban del mismo modo sorprendidas. ¿Cuándo había
[aprendido ella a disparar?
El hombre que había tenido dificultades para elegir cabaña le recuperó las flechas.
Riendo a carcajadas, Warigia se colgó el carcaj a la espalda y se arrastró hacia casa.

Capítulo ocho

Misión a la Montaña de la Luna

Era una mañana despejada; Gĩkũyũ y Mũmbi estaban juntos en pie.
Ante ellos aguardaban los nueve grupos, cada uno liderado por una de sus
[herederas,
Incluso Warigia, que había rechazado pertenecer a grupo alguno, estaba presente,
[sentada sobre sus piernas.
Gĩkũyũ señaló hacia el lejano horizonte.
«¿Veis aquello que brilla como un blanco avestruz?
¿O como la luna en la noche o las flores blancas en un campo verde?».

«La blancura del avestruz descansa en la cima de la montaña», dijo Mũmbi.
«Allá, allá arriba, está el lugar donde recibimos las bendiciones, después de lo cual
Nos sentimos más fuertes y valientes, con nuestros corazones rebosantes de
[esperanza.
Desde la cima de la montaña, nuestros ojos se posaron sobre esta extensión de
[inigualable belleza a nuestros pies,
Una tierra donde nunca faltan ni alimentos ni agua o verdes pastos».

«Fue una revelación de lo divino», dijo Gĩkũyũ,
«Un poder mayor que el poder susurraba seguridad en mi oído,
Que esta tierra es y sea nuestra y de nuestros hijos por generaciones venideras,
Perteneciéndonos a nosotros y a todos los demás pueblos que se conviertan en
[nuestros vecinos
O a aquellos con los que hagamos un pacto de eterna amistad».

«¿No fuisteis vosotros, nuestros invitados, los que habéis aparecido ante nosotros,
[procedentes de todos los rincones del mundo? Escuchad.
Cualquiera de vosotros que llegue a ser elegido por una de las nueve, se convertirá
[en pariente y amigo.
Por eso hago libaciones cada mañana de cara a la Montaña de la Luna.
Es la sede del Dador Supremo, dueño de la blancura del avestruz, lo que con
[vuestros ojos ahora contempláis.
Fue el poder del Dador lo que finalmente nos dirigió a Mũkũrũwe wa
[Nyagathanga».

«Y dado que ahora gozáis de plenas capacidades y os encontráis completamente
[descansados,
Os enviaré en una peregrinación a la montaña sagrada,
A vosotros y a las nueve, para que recorráis el camino que una vez recorrimos y
Sigáis los senderos que una vez seguimos.
Bebiendo de la calabaza de la vida de la que Mũmbi y yo bebimos.

En la cima recogeréis un poco de la luna en una calabaza.
Si miráis a vuestro alrededor descubriréis un lago redondo.
Tomaréis entonces agua en la calabaza para mezclarla con la luna.
Quiero que cada grupo traiga su propia unión de agua y luna
Para las libaciones de bendición por un nuevo viaje hacia vuestro futuro».

«Sí», añadió Mũmbi, «el viaje os conduce hacia nuestros orígenes
Por eso, a medida que entreguéis algo al viaje, comprenderéis qué es lo que estáis
[entregando.
El viaje de la vida no es un atajo hacia el conocimiento; es un largo proceso de
[aprendizaje que dura para siempre.
Uno no puede apresurarse y uno no puede recorrerlo solo.
En cada bolsa he puesto dos resistentes piedras de pedernal para hacer fuego y
[sonidos».

«Os daré una misión más», añadió Gĩkũyũ.
«¿Veis a mi hija menor?», preguntó, señalando a Warigia.
«Cuando nos dimos cuenta de que sus piernas no tenían la fuerza de sus otros
[órganos,
Fuimos al santuario sagrado que hay alrededor de la higuera para ofrecer sacrificios
[y pedir una curación.
Nos respondieron que la curación se encontraba en Mwengeca, donde se halla el
[rey de los ogros devoradores de humanos,

Solo él posee un pelo que todo lo cura, pero
No puede ser visto con ojos humanos, a menos que él desee revelarse,
Pues está siempre custodiado por cientos de otros ogros devoradores de hombres.
El pelo le crece en el medio de su lengua.
Lo he buscado por todas partes, pero solo he encontrado su sombra.
Quiero que lo derribéis al suelo, capturéis su lengua y le arranquéis ese pelo
El pelo que todo lo cura restaurará todo el poder a las piernas de Warigia».

Capítulo nueve

El Viaje

¿De qué modo podría contar mejor la historia de nuestro viaje, sino confirmando
Que efectivamente salimos de Mũkũrũweinĩ
Completamente armados con bastones, flechas y jabalinas,
Y lo que es más, con coraje, esperanza y determinación?
Nosotras, las nueve, con nuestras calabazas colgando de los costados,
Rumbo hacia la montaña de la esperanza y la expectativa.
Algunos días se divisaba la luna entre las cumbres de la montaña.
Otros días se hallaba completamente cubierta por nubes.
Tan densos eran algunos bosques que
Día y noche eran igualmente oscuros,
Más aún por las luces parpadeantes de las luciérnagas,
Los espíritus errantes del bosque.

Nuestro viaje dio comienzo entre canciones y risas,
Algunos hombres afirmaban que no era un viaje importante
En comparación con los que ya habían completado.

En busca de las nueve bellas,
Con sus espíritus alentados por las imágenes que habían soñado,
Y por la creencia de que un día cumplirían sus sueños.
Si podían haberlos alimentado con meras imágenes,
¿Qué pasaría ahora, cuando vieran la luna sobre la montaña
O cuando llegaran a su cima, habiendo sobrevivido?

Llegamos a un río cubierto de bambú, juncos y hierba.
Nuestra risa se apagó; nuestros corazones se hundieron y se enfriaron,
Al ver que el agua se tragaba a los tres hombres que iban al frente del grupo.
No hubo tiempo más que para ver sus piernas en el aire, como si estuvieran [buceando
Y después la mancha de sangre en la superficie del agua.
Advertimos entonces la presencia de muchos cocodrilos en las orillas del río,
Y nos dimos cuenta de que los cocodrilos habían devorado a los tres
Nosotras, las mujeres, llorábamos sin parar;
Entre los que fueron engullidos estaba aquel por el que una vez habíamos peleado.

Incluso los hombres estaban abrumados por la pena,
Algunos conteniendo el llanto con dificultad,
Varios gemían, mientras silenciosas lágrimas resbalaban por sus mejillas.
Y otros temblaban descontroladamente.
Hubo quienes dijeron que las muertes eran un signo de lo alto

Que nos advertía de que no cruzáramos el río, pues
De atravesarlo, terminaríamos siendo comida de cocodrilos hambrientos.
Treinta y tantos se dieron por vencidos y dieron la vuelta.
Sí, el viaje tuvo muchas pruebas y tribulaciones,
Algunas pequeñas pero irritantes, como las que suponían las
Espinas pinchándonos el cuerpo,
Ortigas picándonos, quemándonos la piel,
Piernas hinchadas, tos, y mucosidad saliendo de la nariz.
En una ocasión llegamos a una planicie cubierta de hierba,
Pero cuando la pisamos, la tierra bajo nuestros pies se tambaleó,
Así que primero clavamos palos, tratando de discernir
Si el suelo era lo bastante firme para caminar sobre él.

***

Wangarĩ nos advirtió que no cruzáramos,
Pero la ignoramos porque
Algunos de los hombres nos aseguraron que solo era un terreno pantanoso
Y que, a pesar del balanceo, la tierra nos sostendría en pie.
Apenas habíamos llegado a la mitad cuando otros siete se hundieron
Como si hubiesen sido absorbidos por una criatura subterránea.
No éramos capaces de decidir si continuar o regresar por donde habíamos venido,
Los mismos pasos distaban hacia adelante y hacia atrás.

Nos tomamos de la mano y caminamos en hilera,
Para que si alguno caía en otro agujero,
Pudiéramos sacarle sumando nuestras fuerzas.
Finalmente, cruzamos sin peligro,
Aunque una vez al otro lado, la tristeza nos golpeó
Con el recuerdo de los siete que habíamos perdido,
Tragados por el vientre de la tierra.
Lo más duro fueron las dudas que empezaron a atravesar nuestro corazón.
¿Por qué estábamos realmente haciendo esto? ¿Para qué? ¿Para conseguir
[exactamente qué?

Algunos trataron de convencernos de que nos dirigíamos hacia nuestro final.
Dijeron que buscarían un camino de vuelta a casa.
E inmediatamente se dispusieron a llevar a cabo la decisión.
Dejando nuestro corazón con más dudas:
¿Seguimos adelante, o nos damos por vencidos y buscamos una vía de regreso?
Pero la montaña nos atraía, y
Cuando recordamos todas las adversidades que una vez se habían afrontado
Aún fuimos capaces de apretar el cinturón de la esperanza y el valor.
Nos sentimos inspirados para ir a por la victoria.

Caminábamos durante el día. Por la noche nos acostábamos donde el sueño se
[apoderaba de nosotros

Algunos días pasaban sin encuentros peligrosos y la risa volvía a engañarnos.
Pues tan pronto como nos sentimos seguros, unas serpientes mordieron a dos
[hombres en los talones.
Wanjikũ masticó unas raíces y puso la mezcla en las heridas.
El poder de las hierbas debilitó el veneno de las serpientes.
Otro grupo empezó a sostener que la vida era más importante que el amor y la
[belleza,
Y que hermosas había por todas partes, incluso en sus regiones de origen.
Que no esperarían a ser mordidos por otras serpientes.
Se separaron de nosotros y buscaron una ruta de vuelta a sus hogares.

Se dice que es posible encontrar un poco de humor en cualquier situación,
Pero la nuestra no invitaba a la risa, pues
Incluso el hecho de conseguir agua de los ríos se volvía aterrador ante
La perspectiva de ser destrozado por cocodrilos invisibles.
El hambre no era un problema, porque podíamos cazar,
Y el frío tampoco, porque podíamos hacer fuego
Frotando palo contra palo
O golpeando una contra otra las piedras de pedernal que pusiste en nuestras bolsas.
El problema se encontraba en otros desafíos, incluso en las pequeñas molestias,
[como

Ser picados por mosquitos y otros insectos.
Una vez nos acostamos sobre un nido de hormigas rojas y nos levantamos de un
[salto.
En otra ocasión nos persiguieron las moscas tse-tse
Una persecución por parte de animales más grandes hubiera sido más manejable
Pudiendo ser pequeñas estas moscas tse-tse, eran mayores que langostas,
Su incesante *zzzz*-zumbido era más fuerte que el de un enjambre de abejas.
Aun así, el mayor reto no lo planteaban ni los insectos ni los animales,
Sino que fueron las artimañas y la ira humanas las que representaron el mayor
[peligro.
¿Qué puedo deciros que no sepáis ya?
La crueldad de humano a humano es peor que la de las bestias hacia los humanos.
Peor aún es la crueldad entre vecinos cuando esta les arrastra a
Alzar machetes, lanzas, flechas y mazas los unos contra los otros.
Porque debido a las muchas semanas en las que estuvimos juntos enfrentando
[numerosos peligros comunes,
Habíamos alcanzado una etapa en la que nos sentíamos como hermanos y
[hermanas,
Pero en cuanto nos relajamos, orgullosos de lo mucho que habíamos soportado
[juntos,
Sí, justo cuando pensábamos que habíamos sobrevivido a lo peor,
Otro grupo aprovechó este preciso momento para planear la maldad.

Afirmando que las mujeres eran la verdadera raíz de todos sus problemas,
Que los habíamos atraído seducidos desde sus hogares con sueños forjados por
[encantamientos.
Siendo nuestras acciones y hazañas la prueba de nuestra brujería, como
Nuestra capacidad de aguantar y de hacer las cosas como los hombres.
Enfrentar el peligro sin quejarnos demostraba que éramos brujas.
Algunos incluso citaban la habilidad de Warigia con las flechas como una evidencia
[más de brujería:
De lo contrario, ¿cómo una tullida que se arrastraba podría vencer a hombres
[perfectamente entrenados como arqueros?
¿De qué otra manera podría una lisiada disparar flechas a una distancia que ningún
[hombre era capaz alcanzar?
Tenía que ser brujería pura; e incluso dijeron que nuestra belleza era una ilusión
[causada por hechicería.

Si pudieran acabar con nosotras, todos sus problemas se terminarían, dijeron
[algunos.
Pero otros advirtieron contra una acción semejante, y manifestaron que
Los descontentos debían dejar de inventar razones para justificar sus problemas.
Los que hablaban así rechazaban la guerra entre hombres y mujeres,
O cualquier guerra entre nosotros o entre vecinos
Juraron que quien quisiera lastimar a cualquiera de las mujeres
Se enfrentaría a la ira unida de los demás hombres.

Tanto hombres como mujeres, compartíamos el mismo viaje.
Cualquier agravio a cualquiera de las mujeres era también un agravio a los [hombres. Morirían defendiéndonos.

Pero nosotras, las nueve, no esperamos a que los hombres nos defendieran,
Porque vosotros nos educasteis capaces de hacer frente a las dificultades por [nuestros propios medios.
Y antes de que los malvados pudieran alcanzar sus armas,
Nosotras nueve ya habíamos saltado y trepado a los árboles,
Como siempre lo hemos hecho, aunque jugando, desde que éramos niñas.
Lanzamos una lluvia de flechas junto a sus pies, más para advertirles que para [herirles.
Los malvados se dieron a la fuga y desaparecieron en el bosque,
Gritando «¡Brujas! ¡Brujas! Nos han hechizado».

Mwĩthaga habló a los que quedaban, diciendo que
Quien quisiera volver, mejor que lo hiciera en paz;
Que nadie se había visto forzado a abandonar su casa para perseguir una belleza [desconocida;
Que también las había hermosas en los países de los que ellos provenían,
Y que bellas nacerán siempre en muchos lugares.
Nos recordó las sabias palabras de nuestra madre:
«No se debe derramar sangre en asuntos de amor».

Esperamos entonces para comprobar si otros también se iban, pero
Ninguno se levantó a seguir a los que se habían marchado.

Wanjikũ nos recordó que todo lo bueno nace de los desafíos, que
Los problemas siempre desencadenan fuertes desacuerdos sobre las causas y las [soluciones,
Y que hablar de los problemas es la mejor manera de arreglar las diferencias.
Waithĩra también trató de animarnos con palabras de esperanza, diciendo que
Una tarea sigue siendo una tarea solo cuando no se ha hecho, que comenzar una [tarea
Y soportar los retos es bueno, pero completarlos debería ser nuestra guía.
Recordándonos que la alegría ahuyenta la tristeza,
Wangũi cantó sobre el amor, la comprensión y la apertura mutua
Nos unimos al canto; nos sentimos mejor, y reanudamos nuestro viaje.

***

Tras meses de andadura perdimos la cuenta de los días,
Pero finalmente llegamos a las estribaciones de la montaña.
Era más que una montaña; tocaba el cielo.
De los cien con los que habíamos empezado el viaje,
Solo quedábamos nosotros treinta.
Ululábamos, silbábamos y cantábamos.

Algunos marcharon a cazar antílopes para comer
Otros anduvieron de un sitio a otro recogiendo ramas para el fuego.
Y otros buscaron bayas en el bosque.

Como era ahora nuestra costumbre, no había nada que decir acerca de si un trabajo
[era de hombre o de mujer.
Hacíamos las tareas de acuerdo con la habilidad, la necesidad y la inclinación.
Allí, al pie de la montaña, preparamos una gran fiesta.
Nos aseguramos de que la carne estuviera asada en su punto;
El humo se elevó hacia la cima de la montaña;
Comimos, cantamos, bailamos.
Finalmente nos acostamos en el suelo y contamos estrellas.
Nos quedamos allí durante varios días
Para descansar el cuerpo antes de escalar la montaña.

***

Contamos historias hasta que no hubo más historias que contar.
Cantamos hasta que no hubo más canciones que cantar
Wangarĩ afirmó que podía montar un leopardo,
Y esto encendió otras intervenciones.
Wambũi dijo que si Wangarĩ lo intentaba, ella cabalgaría una cebra y competirían
[en una carrera

Wanjikũ dijo que se uniría a ella sobre una jirafa.
Surgieron discusiones sobre cuál de todos era más rápido. Decían
«Vamos a ver una competición entre un leopardo, una cebra y una jirafa».

Wangarĩ, Wambũi, y Wanjikũ fueron a por sus animales de carreras
Realmente era cuestión de escoger al más cercano,
Pues había muchos de cada especie animal en el bosque.
Entonces acordaron cuál sería la línea de salida.
No nos preocupábamos, porque hemos convivido con animales,
Y hemos aprendido a hablar con ellos.
También hemos aprendido lo que les gusta y lo que no.
Aun así, algunas de nosotras pensábamos que nuestras hermanas no estaban más
[que jugando,
Pero de pronto el juego se volvió puro asombro.

***

Avistamos una jirafa corriendo por la pradera
Seguida de cerca por una cebra
Seguida de cerca por un leopardo.
No pudimos ver claramente a las amazonas porque,
Dada la distancia, las amazonas y la montura eran indistinguibles.
Entonces, mientras observábamos la escena, las que cabalgaban se hicieron visibles.

Wanjikũ aferrada al cuello de la jirafa,
Wambũi muy cerca, detrás sobre una cebra,
Con Wangarĩ sobre un leopardo, persiguiéndolas.

Pero cuando los animales nos vieron vitoreando, se asustaron.
Y de pronto arrojaron al suelo a las tres amazonas.
Sin jinete, los animales corrieron hasta perderse de vista.
Temiendo lo peor, corrimos al lugar de la caída.
Las muchachas estaban ocupadas sacudiéndose la hierba y comprobando el estado
[de sus cuerpos
Y cuando quedó claro que no estaban heridas, empezaron a reír a carcajadas.
Nos reímos también, y les preguntamos qué había sucedido,
Algunos de los hombres se cuestionaban en voz alta
Qué encantos habían usado para domesticar animales salvajes.

***

El hombre que una vez recuperó las flechas de Warigia
Se jactaba en voz alta sobre las carreras de animales en su región natal.
Afirmó que en su tierra competían montando leones.
Algunos dudaban de sus palabras, y empezamos a discutir.
Entonces dijo que cabalgaría un león solo para demostrar que podía hacerlo.
Otro hombre afirmó que en su tierra de origen montaban rinocerontes.

Y cuando se trataba de velocidad, aseguró, un león no era rival para el rinoceronte.
Nuevamente surgió una disputa sobre cuál sería más rápido.
Los dos se marcharon a buscar un león y un rinoceronte para montar.

Mientras tanto, los demás contaron historias sobre los animales de sus regiones
[natales,
Donde medían la virilidad derribando animales feroces.
Otros dijeron que uno debía medir su hombría enfrentándola, no con un animal,
[sino con otro hombre.
Surgieron argumentos y contraargumentos sobre las formas de medir la
[masculinidad.

De repente vimos un león y un rinoceronte en ajustada carrera.
La hierba volaba tras ellos, pero cuando los animales nos vieron vitoreándoles,
Se asustaron y huyeron en diferentes direcciones.
El jinete del rinoceronte cayó y rodó por la hierba.
El rinoceronte se escapó y desapareció entre los arbustos.

El jinete del león encontró un destino diferente.
El animal se giró, abrió la boca y enseñó los dientes.
Gritamos, aullamos y levantamos nuestras lanzas.
Lo que pudo haber asustado al león porque se escapó,

Pero no sin antes haber arañado el brazo del hombre, por el que ahora goteaba
[sangre
Una vez más, Wanjikũ se precipitó hacia los arbustos del bosque
De donde regresó con hojas verdes y cuerdas para cubrir la herida
La víctima sonreía, como si ser herido por un león fuera cosa de todos los días.
Si él hubiera tenido una lanza en la mano, la habría hundido en la boca del león.
Le apodamos Kĩhara, el de la cicatriz.

Después avistamos una gran manada de elefantes.
Acordamos tratar de montarlos; eran más pacíficos.
Nos dispusimos a hacerlo cada uno sobre uno de ellos.
Nosotros, montados sobre elefantes, dimos vueltas unos tras otros,
Mientras los animales comían hierba, ignorando nuestro peso encima de ellos.
Entonces algunos sugirieron que intentáramos una carrera, pero
Los elefantes no cooperaron, y caímos de sus lomos.
Nos reímos, y la risa ayudó a relajar nuestros cuerpos, lo que
Parecían indicar que el tiempo de juego se había acabado y que debíamos reanudar
[nuestro viaje.

Escalar la montaña fue otro desafío.
Requería un cuerpo sano y una voluntad fuerte.
Las cosas no salieron tan bien como habíamos esperado.

Después de un tiempo, algunos comenzaron a preguntarse si llegaríamos alguna
[vez a la cima.
Otros dijeron que la montaña no tenía un final visible
Y aún otros: «Mi corazón dice sí, pero mi cuerpo dice que no».
Tratamos de no presionar a nadie para proseguir,
O juzgar a nadie que quisiera abandonar.
Los que perdieron el coraje de continuar simplemente se dieron la vuelta

Los restantes resolvieron ir paso a paso.
Si necesitábamos descansar, descansábamos.
Si necesitábamos continuar, continuábamos.
Nuestros pasos, uno tras otro, nos llevarían hasta la cima;
No hay poder más fuerte que el poder de la esperanza.
Hicimos un progreso constante, montaña arriba, y
Finalmente veintinueve alcanzaron la cumbre
Mas el frío que nos golpeó heló nuestro júbilo, pues
Aunque el corazón estaba dispuesto, el cuerpo se había congelado.

Algunos declararon que no iban a esperar a morir de frío.
No miraron atrás; volvieron por donde habían venido.
Un pequeño grupo de hombres y las nueve permanecimos resueltos.
Cogimos con el cuenco de nuestras manos un poco de luna blanca y lo depositamos
[con cuidado en las calabazas.

Nuestros dedos se congelaban como si la misma blancura los mordiera.
Cuando estábamos a punto de reemprender el viaje de regreso desde la montaña,
Oímos unos pasos a nuestras espaldas.
Uno de los que acababa de dejarnos ahora había vuelto con nosotros.
Contó que su corazón le había dicho que no podía volver sin Warigia.
Volvería con nosotros.

***

Él era el que habíamos llamado Kĩhara, por haber sido herido por el león.
Lo acogimos de regreso, un joven tan hermoso.
Descendimos juntos hasta que encontramos unos lagos.
Llenamos nuestras calabazas con el agua sagrada, mezclándola así con la luna
Y de pronto nos dimos cuenta de lo que habíamos logrado.
«¡Victoria! ¡Victoria!», gritamos juntos.
Wangũi comenzó a cantar; nos unimos a ella.
Nuestras voces rindieron homenaje a la belleza de la Tierra a nuestro alrededor.

Capítulo diez

El Ogro y el Pelo que Todo lo Cura

Njeri sugirió que tomáramos diferentes senderos para evitar los ríos de cocodrilos.
Después de pocos días, entramos en un bosque tan espeso que
No podíamos distinguir el día de la noche, y fue la fatiga la que nos obligó a
[descansar.
Encendimos un fuego y, según nuestra costumbre, organizamos turnos para dormir
[y montar guardia.
Algunos se quedaron despiertos como centinelas mientras los demás reposábamos.
Wanjirũ interrumpió nuestro sueño; gritos humanos la habían despertado.
Había visto, o pensó que había visto, una gran lengua que nos arrebataba a
[nuestros guardianes,
Pero no podía decir si era una pesadilla o no.
Nos miramos aterrorizados, porque, de hecho, no podíamos ver a ninguno de los
[tres guardianes.
Dijimos que sería mejor esperar hasta el amanecer para buscarlos
Entonces Waithĩra escuchó algunos pasos que se dirigían hacia nosotros.

Golpeamos una contra otra dos piedras duras, como nos enseñaste, y
Aguardamos a que el sonido del eco nos ayudase a localizar la fuente de los pasos
O incluso a estimar el tamaño de lo que los producía.
Pero ningún eco nos fue devuelto.

De pronto oímos una voz fuerte como un trueno:
«¡Este bosque es tierra de ogros! ¡Volved al lugar de donde habéis venido!».
La voz atronadora sacudió el bosque. Y, aun así,
Todavía no podíamos señalar de dónde provenía.
Apuntamos en todas direcciones con nuestras lanzas y flechas.
Wanjirũ se ofreció a hablar con él para, en función de su respuesta, poder estimar
[su localización.
«¿Quién eres? ¿Una voz sin cuerpo?
¿Eres un humano, un espíritu malo, o un espíritu bueno?».
«Soy Mwengeca, rey de los ogros», respondió la voz sin cuerpo.

Nos miramos los unos a los otros ciegamente, en la oscuridad, y también a nuestro
[alrededor: «¿De qué Mwengeca hablas?
¿Del que tiene el pelo que puede devolver las fuerzas a las piernas de Warigia?
¿Cómo podemos asegurarnos de que eres el Mwengeca verdadero?», preguntó
[Wanjirũ,
«Porque en este momento ni siquiera podemos verte».
«Mi cuerpo no se puede ver con ojos humanos», dijo el ogro.

«Para vosotros es imposible saber dónde estoy, si lejos o cerca.
Mi lengua es también mi ojo y mi boca.
Brilla como el relámpago y crea un sendero de luz en la oscuridad.
Se alarga como la de un camaleón al tratar de atrapar a una mosca.
Todo lo ve y alcanza todos los rincones de mi bosque».

«Mi pelo cura todo. Se llama el "cura-todo",
Porque no hay herida que no pueda curar.
¿Es por eso que habéis caminado hasta mi bosque?
¿Para robar mi cura-todo?
¿Por qué queréis acabar con las enfermedades en la tierra?».
«No tenemos heridas en el corazón o en el cuerpo para que las cures», dijo Wanjirũ.
«Además, podemos curarnos a nosotros mismos. Tú no eres el único sabelotodo».
«Tú, la dama charlatana, ¿eres tú la que siempre he estado buscando?», dijo
[Mwengeca.
«Wanjirũ la de la lengua suave, únete a mí y juntos gobernaremos mi Reino del
[Bosque».

El grupo de Wanjirũ gritó al unísono en respuesta:
«Un corazón codicioso no tiene otra cura que un cuchillo en el corazón».
Las lanzas se levantaron algunas en ademán combativo, pero
Wanjirũ los contuvo diciendo: «Dejad que la cabeza guíe al corazón».
El "date prisa" casi nunca hace las cosas bien.

Lo que buscaban de este ogro requería una mente astuta.
Ni siquiera Wanjirũ había terminado de hablar, cuando el ogro lanzó su lengua
[ancha y roja, y

Antes de que nos hubiéramos recuperado del susto, atrapó con ella a tres hombres,
Atándolos juntos y tirando del bulto humano hacia su escondite.
Al principio los desesperados gritos que pedían auxilio a Wanjirũ y a los demás eran
[fuertes, pero
Lentamente fueron desvaneciéndose hasta, súbitamente, ahogarse por completo.
Supimos sin verlo que el ogro se había tragado a los hombres.
Un silencio espeluznante cayó sobre todo bosque; nuestros corazones se enfriaron,
Y nuestros cuerpos se estremecieron como cañas al viento.
«No podemos permitirnos el lujo de temblar de terror», dijo Wanjirũ, y
De un salto se ocultó veloz detrás de un árbol,
Al tiempo que nos gritaba que nos escondiéramos tras el tronco más cercano, pero
Asegurándose de dejar un espacio imaginario en el medio.
Teníamos que estar listos con nuestros arcos, flechas y lanzas
De modo que cuando gritara «¡Ahora!» todos pudiéramos atacar a la lengua.
Quien encontrara una oportunidad tendría que arrancar el pelo del medio.
Después de darnos suficiente tiempo para refugiarnos detrás de los árboles,
Wanjirũ lanzó el mismo insulto que su grupo había gritado antes:
«Un corazón codicioso no tiene otra cura que un cuchillo en el corazón».

Quienes crecimos con Wanjirũ, supimos que su corazón estaba sangrando lágrimas,
Pues no decía esto porque tuviese una lengua fuerte, arrogante o desafiante.
El ogro invisible ardía de enfado hacia la intrépida Wanjirũ.
Inmediatamente envió su lengua en su dirección,
Pero antes de que la pudiera atrapar, ella hábilmente se hizo a un lado
La ancha y larga lengua se enrolló en torno a un árbol.
«¡Ahora!», gritó Wanjirũ.
Nuestras flechas clavaron la lengua al árbol.
Wanjirũ disparó las suyas al ojo que había en la punta de la lengua

Kĩhara saltó rápidamente sobre ella,
Que era tan ancha como un sendero, y
Caminó sobre ella de un lado a otro buscando el pelo mágico.
Rebotó arriba y abajo en la lengua elástica.
El ogro no le podía ver porque su ojo había sido perforado,
Pero en el momento en que Kĩhara tiró del pelo,
Mwengeca dejó escapar un grito que nos heló la sangre.
Su voz sonó como el trueno,
Y una luz rojiza, como de relámpago, destelló en ráfagas.

Entonces Mwengeca rugió de nuevo y
Retiró hacia atrás la lengua con todas sus fuerzas.
Consiguió liberarla, pero estaba rasgada en nueve tiras,

Y ahora el ogro no tenía ojo, porque había sido agujereado.
Wanjirũ después nos explicó cómo había tramado el plan de acción,
En el momento en que el ogro había atrapado al segundo grupo de hombres.
«Oh, ¿pero dónde está el pelo?», preguntó Wanjirũ volviendo de nuevo en sí,
[mientras recordaba la, por un instante, olvidada misión
Kĩhara levantó su mano, mientras sus ojos brillaban de gozo:
«¡Por Warigia!», gritó exhibiéndolo en un tono que indicaba que solo él lo llevaría
[de regreso a casa.

Capítulo once

El Ogro de la Oscuridad Infinita

Reanudamos nuestro viaje que, por un tiempo, transcurrió sin incidentes.
Sin embargo, permanecimos alerta para no ser atrapados por Mwengeca, ya que,
Aunque le habíamos perforado el ojo y arrancado el pelo mágico,
No habíamos herido su cuerpo, porque no podíamos verlo.
Además, su cuerpo podría haber sido sanado y su vista restaurada.
Por la noche hicimos turnos para dormir y montar guardia.
Los que vigilaban formaban un círculo en torno a los que dormían.
Luego intercambiábamos los turnos, de modo que los que antes habían dormido,
[ahora formaban el círculo.
Pero, incluso así, era difícil conciliar un sueño profundo.

Otra noche, poco después de haber planificado los turnos antes de dormir,
Oímos unos pasos dirigiéndose hacia nosotros.
Miramos a nuestro alrededor, pero lo que percibimos era una oscuridad tan
[profunda
Que hacía que el resto de la oscuridad, por contraste, apareciera como luz del día.

¿Oscuridad más oscura que la oscuridad? ¿Qué era esto?
Cuando miramos con más atención, vimos cómo la oscuridad tomaba forma con
[apariencia humana,
De la que no podíamos evaluar su altura y anchura real.
Antes de que pudiéramos recuperarnos de nuestro estupor para decidir cómo hacer
[el movimiento siguiente,
Oímos una voz resonar como un trueno que retumbaba en el interior de la tierra.

«¡Soy La Oscuridad más Oscura que la Oscuridad misma!».
Transformo los corazones limpios en más oscuros que la misma oscuridad,
[conduciéndolos por caminos de eterna negrura y dejándolos allí.
Mi oscuridad nunca puede ser aclarada.
Mi oscuridad está en eterno servicio al rey de los ogros.
De lo que arrebato para él, me aseguro de coger mi parte primero.
Mi lema es: «Agarra para ti antes de agarrar para otro».
Lo que está alojado en la barriga de uno es invisible para los demás.

«Si no queréis que os sumerja en la oscuridad más oscura que la oscuridad misma,
Entregadme a Wangarĩ, y dejaré ir al resto».
Justo cuando los hombres estaban a punto de lanzar jabalinas a esa tenebrosa
[oscuridad,
Mwĩthaga los detuvo. «¿No habéis aprendido nada de nuestras experiencias?
No ataques a menos que puedas ver claramente a lo que apuntas».

Algunos en su grupo ignoraron su advertencia, diciendo,
«Cierto, pero podemos ver a este con los ojos humanos» y,
Sosteniendo sus jabalinas con firmeza, se adentraron en la oscuridad, que

Inmediatamente absorbió a los que iban en cabeza.
Cuando oímos el sonido de los cráneos siendo aplastados
Los gritos de las víctimas penetraron directamente en nuestro corazón.
Los siguientes se detuvieron a tiempo y regresaron con el grupo.
¡Oh! Nunca volvimos a ver de nuevo vivos a aquellos tragados por la oscuridad.
La oscuridad se rio burlonamente lo bastante alto para que la oyéramos.
Nos engulliría a todos como hizo con nuestros compañeros, se jactó
Y, en efecto, la amenaza sombría comenzó a acercarse a nosotros.
Exigiendo que entregáramos a Wangarĩ a la intensamente oscura oscuridad.

¿Y Wangarĩ? Deberíais haberla visto.
Temblando de rabia y orgullosa rebeldía,
Ella devolvió gritando su desafío a las tinieblas.
El eco de sus palabras resonó por todos los rincones del bosque.
«Mi nombre es Wangarĩ y tengo los ojos brillantes de un leopardo.
Mis ojos pueden aclarar cualquier oscuridad como el sol durante el día y como la
[luna durante la noche.
Atrévete a acercarte a mí y te disiparé con la luz de los ojos de un leopardo».
El ogro de la oscuridad sin fin dejó de avanzar

Como si la palabra «luz» fuera en sí misma una lanza o una flecha apuntando a su [corazón.

Wangarĩ percibió algo: que la claridad desplazaba a la tiniebla por muy oscura o [tenebrosa que fuese, y actuó de inmediato.
Entrechocó dos piedras para generar fuego y encendió una tea.
Cuando la oscuridad vio la luz, gritó y comenzó a retirarse ignominiosamente.
Los demás también hicimos fuego y, con nuestros haces en llamas, la perseguimos
Cada vez que el ogro veía la luz avanzando hacia él,
Aceleraba su retirada, doblando o arrancando
Árboles y plantas, antes de que finalmente desapareciera.
Añadimos más leña al fuego para hacer una hoguera.

El rojo del sol naciente del amanecer nos encontró allí,
Y nosotros, a pesar de nuestro dolor, le dimos la bienvenida al sol con una canción:

Sol, soberano del universo,
Sin ti no hay luz.
Sin ti no hay calor.

El sol mantiene calientes a todos los animales.
El sol caldea todas las plantas.
El sol mantiene hombres, mujeres y niños con calor.

Encontramos los cuerpos de los tres hombres muertos debajo de un árbol,
Sus cabezas partidas; el ogro las había golpeado contra el árbol.

Capítulo doce

El Ogro que Arrojaba Fuego y Furia

Mwengeca y el Ogro de la Oscuridad nos dejaron con preguntas sin respuesta.
¿Se habría transformado Mwengeca en el Ogro de la Oscuridad,
Quizás como venganza por haber perdido su lengua y el ojo?
Algunos dijeron que no, que los dos tenían que ser diferentes tipos de ogros.
Un ogro era un ogro, sin importar sus nombres, afirmaron otros.
El debate nos ayudó a alejar los pensamientos del dolor,
A la vez que mantenía nuestras mentes ocupadas.
Ahora viajábamos solo a la luz del día.
Por la noche hacíamos una hoguera, conversábamos, y hacíamos turnos para [dormir.

Después de unos días sin contratiempos la paz retornó a nuestros corazones.
Pero una mañana, cuando estábamos a punto de reanudar nuestro viaje,
Oímos extraños sonidos detrás de nosotros.
Espontáneamente echamos a correr, pero entonces nos detuvimos y
Nos volvimos para averiguar lo que se encontraba detrás de nosotros.

Una extraña aparición surgió ante nuestros ojos:
¿Era un humano, un animal, o de qué se trataba?
¿Una criatura con tres patas y tres brazos?
La criatura agarró el fuego que ardía y se lo tragó.

Siguieron más fenómenos inexplicables.
Exhaló llamas por la boca y la nariz,
Que incineraron los arbustos y las plantas a su alrededor.
Una vez más echamos a correr: huir en defensa propia no es cobardía.
El ogro de las tres patas nos persiguió, gritando bravatas y amenazas:
«Soy el quemador que quema incluso a aquellos que desafían otros fuegos.
Quemo todo a mi paso, esté cerca o lejos de mí».
Poco importaba lo rápido que corriéramos, pues él continuaba infatigable
[persiguiéndonos, exhalando humo y fuego,
Exigía que entregáramos a Mwĩthaga como precio para dejarnos marchar.

Aunque no lo veíamos claramente porque
Estaba rodeado de humo y llamas,
Sabíamos que sus tres patas y brazos estorbaban su movimiento,
Ya que los miembros no estaban bien coordinados.
Sin embargo, podía escupir llamas ruidosas bastante lejos,
Y mientras nosotros caminábamos jadeando de fatiga y apoyándonos en nuestros
[palos, él nunca parecía cansarse.

Desde temprana edad nos enseñasteis a caminar y a correr.
Pero algunos de los jóvenes no estaban acostumbrados a hacerlo como nosotras,
Así que cuando respiraban, sus pulmones exhalaban quejidos de fatiga.

Después de una cierta distancia, oímos a los hombres que corrían en la cola del
[grupo
Gritar con un dolor que estallaba en nuestros corazones y cabezas.
Intuimos que las llamas los habían alcanzado.
Nuestro dolor se hizo más profundo al saber que no podíamos detenernos para
[ayudarles.
Mwĩthaga sugirió que trepáramos a un mũgumo o higuera, pues
No podíamos correr más rápido que un ogro que nunca se cansaba.
La higuera era grande y alta, cargada de fuertes ramas.
La criatura de tres patas se detuvo al pie del árbol.
Y sus llamas no nos rozaron; el ogro parecía incapaz de lanzarlas tan alto.

Desde su posición en la rama de arriba, Mwĩthaga comenzó a burlarse de la
[criatura:
«Me llaman Mwĩthaga, también Nyambura, la que tiene el poder para convocar la
[mansedumbre de la lluvia». Y cantó:

Lluvia, lluvia cae.
Te voy a dar

A ti, al feo
Con tres patas
Y tres brazos
Seco como piedra.
No puede correr.
No puede levantarse.
No puede beber.
Lluvia cae.

Cuando el ogro escuchó la canción, pareció vacilar como si tuviera miedo,
y esta vacilación reveló algo a la bella Mwĩthaga.
Vertió de su calabaza el agua de la montaña,
Cantando encantamientos para hechizar a la lluvia.

Y empezó a llover.
Las hojas amplificaban el sonido de la lluvia.
El Ogro de Fuego y Furia echó a correr
Y huyó gritando hasta que se desvaneció en la distancia.
Y nunca más lo volvimos a ver o escuchar.

Capítulo trece

El Ogro que Excretaba sin Parar y Otros

No llegamos lejos sin que Mwengeca nos enviara nuevos retos,
Aunque para cada uno lográbamos encontrar una respuesta.
Como siempre nos enseñasteis, por cada puerta que se cierra, hay una que se abre.

El Ogro de las Lágrimas Sin Fin nos alcanzó cuando aún llorábamos nuestra
[reciente pérdida.
Las lágrimas brotaban de sus ojos como el agua que cae por un desagüe,
Provocando nuestras propias lágrimas, que ahora fluían sin parar,
Sin embargo, cuando exigió a Wangũi, nacida para confortar con su canto, a cambio
[de enjugar nuestras lágrimas, nos dimos cuenta de
Que quería el dolor para ahogar la esperanza.
Por mucho pesar que nos aflija no perderemos la esperanza como pretende el
[enemigo. Así resolvimos.
Espontáneamente empezamos a reír y, asombrosamente, esto ahuyentó con
[facilidad al Ogro de las Lágrimas Infinitas.

La esperanza y las expectativas renacieron en nosotros,
Y retomamos nuestro viaje con renovado vigor.

***

No pasó mucho tiempo sin que se nos presentase una nueva amenaza. Pues el
[Ogro de las Inundaciones nos persiguió arrojándonos olas de excrementos
húmedos.
Así que escapamos lo más rápido que pudimos y trepamos por una colina hasta lo
[más alto.
Cuando no consiguió subir a la colina, el ogro retrocedió derrotado.

Era el Ogro Que Excretaba Sin Parar, que creaba montañas de excrementos.
El aire a su alrededor olía a pura podredumbre.
Las hojas de las plantas y los árboles aparecían lacias.
Los pájaros se caían agonizantes;
Otros abandonaban sus nidos y huían de la zona
Algunos insectos morían, mientras otros trataban de escapar.
Temimos que la podredumbre nos hiciera el ambiente irrespirable,
Que pudiera llegar a contaminar los ríos.
Contaminar el aire y el agua es envenenar la vida.
Ya habíamos aprendido muchas cosas, y

Sin dejar de pensar con tristeza en su capacidad de destrucción, y con acciones [amigables,
Capturamos al ogro con el dulce aroma de las flores frescas.

Pero lo más amenazante, es decir:
Si existiese un ogro que pudiera superar en maldad a los anteriores,
Ese sería el Ogro Sanguinario, pues demandaba nuestra sangre,
Incluso tratando de persuadirnos de que nos hacía una buena oferta
Ya que quería únicamente nuestra sangre, no nuestra carne:
Él simplemente absorbería la sangre de las venas y dejaría el cuerpo intacto.
Resueltos y sin dejarnos seducir por farsas y embustes, lo atrajimos con agasajos [hacia un agujero profundo en el cual cayó irremediablemente.
Le dejamos allí, gritando: «¡Por favor, ayudadme a salir!
Si me abandonáis aquí, pereceré por falta de sangre».

Y continuamos sin volver la vista atrás
Finalmente llegamos a un río que fluía con agua limpia. ¡Qué alegría!
El río marcaba el límite entre el bosque de Mwengeca
Y el bosque al otro lado del río, cuyo dueño no conocíamos.
Algunos de los hombres afirmaron que parecía más ancho que cualquiera de los ríos [que ellos hubieran cruzado nunca.
Caminamos por sus orillas arriba y abajo, buscando el punto más estrecho de [vadear.

Inspeccionamos cuidadosamente si había signos de cocodrilos entre los juncos.
Y entonces, tan pronto como encontramos un buen lugar desde el que cruzarlo a [nado,
Y celebrando que estábamos a punto de dejar atrás el bosque de los ogros,
Escuchamos una voz tenebrosa y profunda que venía del otro lado del río.

Capítulo catorce

Los Ogros con Bolsas que Nunca se Llenaban

Soy el Ogro Bizco que estruja en pedazos la cabeza de la gente,
El ogro que obliga a las personas a hacer lo que él dice, lo quieran o no,
El ogro que induce a los hombres a tragar inmundicia, tanto si quieren como si no.
«Wairimũ, he venido a por ti para convertirte en la amada esposa de los ogros».
Miramos hacia arriba a través de la cascada y adivinamos la figura de un sujeto
[enorme que se cernía sobre las aguas,
Y supimos que era él quien vomitaba las amenazantes palabras.
Su cabello le caía sobre el cuerpo y la bolsa de cuero que llevaba.
Era un ogro igual que el resto de los que estaban bajo el mandato de Mwengeca,
O de esos de los que siempre nos hablabais en nuestras veladas de cuentacuentos.

Lo que distinguía a este de los otros del clan de Mwengeca eran los ojos.
Este solo tenía uno en la frente, que brillaba con fuerza como un rayo de sol.
Cuando no le dimos respuesta, rugió como un trueno:
«Wairimũ, querida, ven a casa con los ogros y cocina para ellos».

Para entonces, ya debíamos haber sido inmunes a los embrujos, pero, con todo, una
[vez más nos helamos de terror,
Incapaces de decidir si huir o luchar,
Nos sentimos atrapados entre el terror detrás de nosotros y el terror que teníamos
[delante, pues
Mwengeca y su banda de ogros bebedores de sangre nos pisaban los talones, y
En frente, al otro lado del río, se hallaba el Ogro Tuerto.
En medio de la indecisión que nos invadía, Wanjikũ se arriesgó a decir:
«Dudar en la autodefensa no es un signo de cobardía.
No buscamos la guerra, pero
Si nos visita, no podemos simplemente rendirnos».

Todos estuvimos de acuerdo con ella.
Corrimos descendiendo por las orillas del río,
Pero justo cuando creíamos haber perdido de vista al ogro,
Lo vimos en la orilla contraria.
Sin tiempo que perder, corrimos río arriba por donde habíamos venido
Pero entonces lo divisamos frente a nosotros, la otra margen del agua.

***

Wairimũ estaba furiosa. Y gritó:
«Me llaman Wairimũ y no soy la amada de ningún ogro.

No quiero escuchar tus insensateces, o te las sacaré a golpes».
Entonces todos juramos que, por muchos que fueran,
Las bestias u ogros de este mundo no volverían a atemorizarnos jamás,
Porque cuanto más huíamos de ellos o tratábamos de ablandarles con sobornos,
Más osados se sentían y más se aferraban a sus caprichos.
El ogro, que estaba profundamente enojado por la actitud que mostró Wairimũ, juró
[que
Si no le dábamos a quien él quería, nos asfixiaría a todos en su bolsa.

«Parece como si no me conocierais», gritó, «así que dejadme deciros quién soy».
«Me llaman El Ogro Bizco, pero en realidad, mi único ojo alcanza el horizonte más
[remoto
El Ogro De La Bolsa Profunda es también mi nombre, porque esta jamás se llena».
Tan pronto como habló, se inclinó junto a las cataratas y he aquí el resultado:
El río comenzó a fluir hacia el interior de su bolsa, y esta nunca rebosaba
Todo el río, incluidas las cataratas, fluyeron dentro de la bolsa,
Y nunca se llenó.
Cuando vimos el cauce vacío en el lugar en el que antes había estado el río,
Decidimos cruzar el valle seco y luchar contra el ogro.

¡Más hechos extraños! Entonces dejó salir el agua de la bolsa de cuero.
El río continuó fluyendo de nuevo. Si hubiésemos cruzado antes, nos habríamos
[quedado atrapados en el medio.

«Dadme a Wairimũ, la amada de los ogros, y la llevaré al palacio de los ogros,
Entonces el resto de vosotros seréis libres para ir en paz».

«No quiero oír tus sandeces», gritó Wairimũ.
«Mi nombre es Wairimũ, y nada me liga a los ogros.
Soy la hija de Gĩkũyũ y Mũmbi.
No soy perezosa como tú.
Como lo que cultivo;
Bebo el agua que extraigo;
Vivo en una casa que he construido.
No quiero escuchar tus insensateces,
O te las quitaré a golpes».

***

Justo entonces pasaron un antílope y una gacela.
El ogro los agarró uno después del otro;
Los puso en la bolsa que nunca se llena.
Nos asombró con muchas otras acciones, como
tragar árboles y tierra, que iban a parar al saco
Entre incesantes amenazas por las que,
Si nos negábamos a renunciar y entregar a Wairimũ,
Terminaríamos en la bolsa que nunca se llena.

Desafiante, Wairimũ amenazó con abrir la gran barriga del ogro,
Y liberar todas las pertenencias de la gente que él había tragado.

Nuestros jóvenes hombres rugían con rabia retadora.
Uno de ellos se ofreció voluntario para ir y luchar solo contra él.
Agarró su jabalina y, con toda su fuerza, la lanzó al otro lado del río.
Todos nos quedamos espantados, porque
El ogro atrapó el arma en el aire con su mano.
La partió en pedazos y los metió en la bolsa.
Otros tres hombres lanzaron las suyas al mismo tiempo.
El ogro las cogió en el aire, las rompió en pedazos,
y las arrojó a la bolsa que nunca se llena.

***

Otros dos fueron por detrás del grupo y
Se arrastraron entre los arbustos, por la orilla del río.
El resto distrajo al ogro con un sinfín de preguntas provocativas
Con la intención de ganar tiempo para que los jóvenes encontrasen un buen lugar
[para cruzar.
Tenían el propósito de acercarse al ogro por detrás y atravesarlo con jabalinas,
Pero cuando finalmente cruzaron y lanzaron jabalinas a su espalda,
El ogro ni siquiera se giró, sino que las agarró en el aire.

Las partió en mil pedazos y las puso en la bolsa que nunca se llena.
Mientras reía burlonamente, su único ojo todavía estaba fijo en nosotros.

Hizo lo mismo con sus flechas:
Agarrarlas, romperlas, y ponerlas en la bolsa.
Fue entonces cuando comprendimos que tenía otro ojo en la espalda.
Wairimũ sintió la rabia ascender dentro de ella.
Agarró una jabalina del hombre que estaba a su lado, y
La lanzó con todas sus fuerzas,
Silbó en el aire,
Y pasó por encima de la cabeza del ogro,
Pero el ogro ni siquiera intentó atraparla.

***

Entonces Wairimũ dijo que había llegado el momento de enfrentarse al ogro.
Le rogamos que no hiciera nada por su cuenta, sola,
Incluso si eso significaba perecer juntos.
«Esta es mi lucha con estos ogros», dijo Wairimũ.
«No», dijimos, «la lucha contra los ogros no es la lucha de una sola persona;
Y la fuerza de cuatro personas unidas es mucho más efectiva
Que la de ocho personas individualmente.

Una vez que te trague, hará lo mismo con nosotros,
Uno por uno, nos guardará en la bolsa que nunca se llena».

Wairimũ, mencionando su habilidad con las armas, contestó, tranquilizándonos,
[que no nos preocupáramos.
Nos instó a seguir arrojando sin parar piedras al ogro.
Con su arco y flecha preparada y el carcaj a su espalda,
Wairimũ reptó a través de la maleza y trepó a un árbol.
Poco tiempo después escuchamos al ogro gritar de dolor,
Su voz de trueno sacudiendo la tierra sobre la que estábamos.
Flecha tras flecha encontraron su diana en la cabeza del ogro.
Y entonces le vimos huir,
Con las flechas sobresaliendo de su cabeza como las púas de un erizo.
Wairimũ bajó. Nos contó que se le ocurrió la idea cuando le arrojó la lanza por
[primera vez
Fue entonces cuando se dio cuenta de que el ogro solo podía ver de frente o de
[espaldas
No podía levantar su cuello hacia arriba
O doblar su cuello para mirar hacia abajo
Y ni siquiera para mirar de lado a lado.
Satisfechos, bajamos al río y, esta vez, encontramos un buen lugar para cruzar.
Nos reunimos con los dos jóvenes valientes que lo habían atravesado antes,

Y todos juntos nos regocijamos, pues ninguno de nosotros resultó herido.
Cantamos en alabanza a Wairimũ y a los jóvenes valientes.

En medio de nuestra alegría y celebración de Wairimũ,
Nos encontramos rodeados por otros ocho ogros,
Que se mostraron enfurecidos porque habíamos disparado a su líder con flechas.
Dijeron al unísono que sus bolsas nunca se llenaban.
Amenazaron de nuevo con tragarnos a nosotros, y además a todo lo que nos [rodeaba: la tierra, el aire y el agua
Porque, repitieron juntos: «sus bolsas jamás se pueden llenar». Nos convertirían en [nada
Pero ahora no nos asustamos demasiado porque conocíamos su debilidad.
Esta vez, aprendida la enseñanza, le pedimos a Wairimũ y a los otros que los [mantuvieran distraídos,
Y los demás trepamos a los árboles, cada cual haciendo frente a uno de los ogros

Los ogros no tardaron en hacer lo que su jefe había hecho antes
Huyeron gritando,
Y aun así, jurando por sus bolsas que nunca se llenaban.
Pudimos comprender que uno de ellos era un bebé ogro porque
Lloraba con una voz muy fina mientras decía:
«Padres míos, no estoy herido, y por mi nombre, que es Manga,
Seguramente procrearé más ogros». Así se explicaba siguiendo a su progenitor,

Que, jadeando, gritó, orgulloso de su hijo «¡Eso es hablar como mi descendiente!
[Enviémoslo a la escuela de los ogros».
La propiedad del descuidado siempre sostendrá el clan de los ogros.

Capítulo quince

La Hiena y el Buitre

Nos encontramos con tantos sucesos extraordinarios que
Incluso ahora, al contar de nuevo estas historias,
Siento como si hablara de sueños, o de
Pesadillas que hacen sudar al despertar.

Una vez nos detuvimos ante un enorme bosque que se alzaba frente a nosotros.
Los árboles ofrecían hermosas flores multicolores,
Sin embargo, apenas nos acercamos para coger algunas,
El bosque entero desapareció en el interior de la tierra, y
Cuando, una vez atravesada la zona, ahora sin árboles, volvimos la vista hacia
[atrás,
Todo el bosque había emergido otra vez de sus entrañas.

En otra ocasión, llegamos a orillas de un río,
Donde nos detuvimos, atónitos por la visión que teníamos delante.
Un ogro se quitó la pierna, pero no brotó ninguna sangre.

La lavó en las aguas.
Y después la puso en la hierba para que se secara.

Repitió el proceso con la otra pierna,
Con sus narices y sus orejas,
Todas las extremidades, una por una
Incluyendo también los ojos que, finalmente,
Se arrancó, lavó, y puso a secar en la hierba.

Ambos ojos empezaron a juguetear,
Persiguiéndose el uno al otro,
Y rodaron en nuestra dirección, pero
Una vez que se percataron de que nuestra atenta mirada estaba puesta sobre ellos,
Gritaron y empezaron a retroceder

Al oír los gritos, los otros miembros
Se sobresaltaron, y cuando, uno por uno,
Se reunieron con el resto del cuerpo.
Los ojos todavía gritaban.
Dos de nuestros hombres dispararon a los ojos, y echamos a correr.

Más tarde vinieron a nuestro encuentro dos ogros más, los cuales,
Al vernos, huyeron rápidamente.

Fuimos tras ellos, pero entonces uno se transformó en un buitre,
El otro en una gran hiena, y comenzaron a perseguirnos,
El buitre por el cielo y la hiena sigilosamente entre los arbustos.

***

Supimos que su estrategia consistía en aguardar a que alguno de nosotros se
[agotara y colapsara;
Entonces caerían sobre el cadáver para satisfacer su comida del día.
Decidimos abatir a una gacela.
El buitre, con sus garras extendidas, transportó a la hiena hacia el cadáver.
Y de esa forma logramos escapar del buitre y de la hiena.

Capítulo dieciséis

Los Ogros con Máscaras Blancas

Finalmente, abandonamos el bosque de los ogros con bolsas que nunca se llenan.
Llegamos hasta verdes praderas pobladas por manadas de diferentes animales.
Los había que comían hierba y hojas,
Jirafas, gacelas, cebras, antílopes, búfalos;
Los que, como las familias de leones, depredan otros animales;
Variedades de aves voladoras, perdices y avestruces.
La riqueza de la vida salvaje nos hizo advertir que habíamos alcanzado las faldas de
[la montaña,
Aunque ahora íbamos de regreso a Gathanga.
De pronto, otra maravilla surgió ante nosotros.
No puedo recordar quién lo vio primero, pero

Aquel ser estaba extremadamente bien proporcionado, poseía una belleza del color
[de la tiza.
Todo su cuerpo, así como las ropas, era blanco tiza.
Su cabello —largo, liso y de aspecto suave— caía sobre sus hombros y espalda.

Este también era blanco, más blanco que la blancura de un avestruz.
Los rayos del sol poniente caían sobre su cuerpo y sus ropas,
Que relucieron con más colores que los siete del arco iris.
Entonces, girándose, nos llamó con un silbido.
No puedo decir qué clase de locura nos poseyó a las nueve, a todas al mismo
[tiempo, pero
Surgieron disputas entre nosotras, y cada una le reclamaba como si fuera el
[deseado de su corazón.

Wanjikũ fue la primera en recuperar la sensatez, hablándonos como sigue:
«No desdeñes los abalorios que tú llevas puestos por los que lleve otra.
No renuncies a cuatro en tu mano por ocho en manos de otra.
¿Desde cuándo la belleza de la tiza vence a la belleza negra?
¿Cómo podemos abandonar a los hombres con los que hemos sufrido
Por alguien que ni siquiera conocemos?
¿Tiza?
¿Acaso hemos olvidado las advertencias de Madre Mũmbi?
Volvamos nuestros ojos hacia aquellos cuyo carácter ha sido probado con hechos».

Nuestros hombres miraban al otro lado de la llanura,
Donde se erguía una mujer bien formada con el cuerpo de tiza.
Su cabello también era suave, largo y liso.
Y, como el del hombre de tiza, caía sobre sus hombros; era como si fueran gemelos

Cuando una brisa hizo que un mechón cubriera sus ojos, ella con gracia lo apartó a [un lado con
Sus dedos y uñas pintadas de tiza, pertenecientes a unas manos que parecían no [haber tocado nunca la tierra.
Cantó una canción que pareció volver locos a nuestros hombres,
Que comenzaron a disputársela, igual que habíamos hecho antes nosotras con su [gemelo.
Nuestros hombres habían olvidado todo lo que habían soportado en la búsqueda de [la belleza negra.

Kĩhara fue el único que se resistió al nuevo objeto brillante.
Sí, el mismo hombre que en una ocasión recuperó las flechas de Warigia,
El mismo que una vez fue arañado por un león,
El mismo que arrancó el pelo-cura-todo de la lengua de Mwengeca,
El mismo que rechazó desprenderse de él y reclamó el trofeo para Warigia.
Él proclamó alto y claro que su corazón había elegido a la suya mucho tiempo atrás,
Que incluso antes de que su elegida estuviera aquí presente,
Su corazón permanecía firmemente anclado al de Warigia, y
No iba a ser arramblado por el viento de una belleza de tiza.

Los hombres fueron presa de profundas discusiones,
Cada uno diciendo que había sido el primero en verla,
O pretendiendo que su canción estaba dirigida exclusivamente a él.

Entonces se levantó un viento tan fuerte que casi nos voló las ropas.
El viento reveló un horror que superó todas las anteriores impresiones.
El cabello de las mujeres de tiza fue el primero en desaparecer.
Dejando sus cabezas peladas.
¿He dicho cabezas? No, calaveras.
Espera. No, ¡solo calaveras por cabezas!

Sus cuerpos enteros eran esqueletos de huesos que
Habían llevado máscaras de cuerpo y cabellos humanos.
Expuestos al exterior, los dos esqueletos corrieron salvajemente cruzando las
[llanuras.
Incluso los animales se apartaban ante tan pavorosa visión y sonido,
Ya que chirriaban al moverse.
Finalmente, desaparecieron en el bosque de los ogros.
Con asombro intercambiamos miradas de sorpresa y alivio.
Dimos las gracias a Wanjikũ y a Kĩhara por mantenerse firmes;
Habían evitado que nos volviéramos esclavos de los ogros con máscaras de tiza.

Capítulo diecisiete

El Pelo Que Cura Todos los Males

Éramos noventa y nueve cuando dejamos la casa, un grupo inmaduro.
Esperanza y duda luchaban por dominar nuestros corazones.
Cuando apareció el peligro, la duda se intensificó, pero
La esperanza dijo «no» a los susurros de la duda, y
Las expectativas sumaron fuerza a la esperanza.
Hicimos frente a numerosas pruebas en nuestro viaje,
Que se convirtió en una experiencia de cuerpo y corazón.
No se puede ser sin tratar de ser.
Éramos diecinueve cuando volvimos, un grupo maduro,

Pues habíamos visto la tristeza y la alegría luchar en nuestros corazones,
El dolor por los que no pudieron lograrlo,
Unos devorados por cocodrilos,
Otros víctimas de la desesperación, pues habían permitido al pesimismo reinar
[sobre la esperanza;
Y otros, víctimas de varios ogros.

Lo que nos inundó de desbordante alegría fue la luna que recogimos en lo alto de la [montaña nevada,
Junto con el agua que manaba del lago,
Evidencia de que efectivamente habíamos alcanzado la cima de la Montaña de la [Luna,
De que, en verdad, habíamos seguido vuestras huellas y

Andado el camino que caminasteis una vez,
Bebido de la calabaza de la que una vez bebisteis,
Y cantado la canción que una vez cantasteis.
Volvimos diecinueve en total, siempre vigilantes,
Y ahora sabemos que los ogros no moran solo en los cuentos.

Y que, aunque de diferentes tipos y colores, todos son devoradores de humanos.
Sus retos nos enseñaron que, sin continua vigilancia, fracasaríamos.
Nuestro mayor trofeo, nuestra victoria, fue el pelo de Mwengeca.

Gĩkũyũ, después de escuchar, derramó una pequeña libación y pidió silencio.
«El poder que os trajo de vuelta es el mismo que una vez nos trajo aquí.
Vuestro viaje está bendecido y nos sentimos agradecidos por ello,
Incluso sin el pelo que todo lo cura, las piernas de Warigia han recuperado poder».
Justo en ese momento, Warigia apareció cargando un antílope sobre sus hombros.

***

Había salido a cazar sola, dijo Mũmbi, asegurándoles que nunca más se tendrían
[que
Preocupar por ella, que la vida estaba llena de prodigios.
Después de haber partido el grupo a la montaña, Warigia había empezado a
[arrastrarse hacia el río.
Para encontrarse con el espíritu de su amado, según dijo,
Segura de que él volvería de la misma forma en que se había marchado, vadeando
[el río.
Entonces, se sentaba en una roca a la orilla y sumergía sus piernas en el agua.
Otras veces se tumbaba sobre la arena y dejaba que el agua fluyera completamente
[sobre ella.

Un día, escuchamos truenos y nos sorprendió un relámpago como nunca antes se
[habían visto,
Parecía que el cielo y la tierra se estuvieran rompiendo al mismo tiempo.
Entonces, igual de abruptamente, truenos y relámpagos cesaron.

Nos miramos el uno al otro: «Oh, ¿dónde está nuestra hija? ¿Ha venido el destino a
[por ella?».
Tu padre y yo corrimos hacia el río, apresurándonos como si fuéramos a la guerra.

Encontramos a Warigia de camino a casa, andando firmemente sobre sus dos
[hermosas piernas.
«¿Cuándo sucedió este milagro?», preguntamos al unísono. «¿Fue nada más
[dejaros?».
«No, ya os habíais ido hacía varias semanas, había pasado una estación», dijo
[Gĩkũyũ.
El grupo quedó en silencio, pero comenzaron a calcular. Entonces se miraron
[asombrados unos a otros.
El milagro coincidió con el momento en que Kĩhara había arrancado el pelo de
[Mwengeca.

Capítulo dieciocho

Esponsales

Wanjirũ y su hombre caminaban al mismo paso, lentamente, sujetando la calabaza
[entre ambos.
La depositaron a los pies de Gĩkũyũ y Mũmbi.
El blanco lunar se había transformado en agua, y solo un par de gotas reposaban en
[el cuenco vacío.
Gĩkũyũ empapó su hisopo en el cuenco y lo esparció en bendiciones sobre ellos.
«Que este agua limpie de impurezas el camino de vuestra vida juntos».

«¡Paz! Que el Dador Supremo os bendiga», dijo Mũmbi.
Ella hizo lo mismo, empapó un hisopo en el cuenco, y lo esparció en bendiciones
[sobre ellos.
«¡Paz! Que el Dador Supremo despeje de ogros todos vuestros caminos.
Ha llegado el momento de que amante y amado se amen de corazón y de cuerpo.
Que sean muchos los niños que vengan de esta unión de corazones para jugar en
[estas tierras».

***

Los demás pasaron por ritos similares de paternal bendición
Todos ellos excepto Warigia y su hombre,
El hombre que un día había sido marcado por un león, el hombre a quien llamaron
[Kĩhara.
El hombre que arrancó el pelo curalotodo de la lengua de Mwengeca.
Ellos no poseían calabaza, ya que Warigia no se había unido a la expedición.

Warigia corrió a la choza de su madre.
Y regresó con un cuenco lleno de agua.
Su hombre se unió a ella; lo elevaron juntos, y
Lo colocaron a los pies de Gĩkũyũ y Mũmbi.

«Yo, Warigia, que me quedé atrás para cuidar de vosotros, ahora digo:
Kĩhara es el elegido de mi corazón desde el primer momento en que mi vista se
[detuvo sobre él.
Y nada que pudiera haber acontecido durante el viaje o después
Hubiera hecho a mi corazón volverse hacia otro.
¡El agua es agua! El río de donde saqué esta agua tiene sus orígenes en la misma
[montaña,
Así pues, bendecidnos con esta agua; que para mí es sagrada porque ayudó a sanar
[mis piernas».

***

Gĩkũyũ dio la bienvenida a todas las parejas amorosas. Los hombres ya no eran
[extraños en la casa.
Declararon sus intenciones de futuro, y pidieron y obtuvieron bendiciones.
«Mũmbi y sus hijas volverán ahora a la choza de su madre, como antes,
Sin embargo los hombres irán a sus chozas, que recibieron el nombre de sus
[elegidas.
Las ceremonias de boda comenzarán pasados nueve días».

Capítulo diecinueve

La Adopción y los Nombres de los Clanes

Después de que transcurrieran los nueve días requeridos,
Gĩkũyũ y Mũmbi llamaron a las parejas.
Para que los aspirantes a novios nazcan de nuevo
«Así se reafirma nuestra unidad», dijo Gĩkũyũ,
«Y se asegurará el nombre de los clanes que habréis de asumir».

«Wanjirũ y Njirũ
Nacen de nuevo como Njirũ, ya que
Tu amada es Wanjirũ. Juntos,
Que vuestro duro trabajo de muchos frutos.
Que se derramen bendiciones sobre vosotros, los Njirũs, y os otorguen
La fuerza de construir un nuevo hogar,
El Hogar de los Njirũs,
Del que se construirá la Casa de los Njirũs,
Y las casas de los Njirũs construirán el clan de los Njirũs
Y el clan de los Nijirũs ayudará a construir la nación».

Las demás parejas pasaron por un rito similar.
Estos son los orígenes de los nombres de los nueve clanes:
Wambũi y Mbũi, para el clan Mbũi;
Wanjikũ y Njikũ, para el clan Njikũ;
Wangũi y Ngũi, para el clan Thiegeni;
Waithĩra y Ngeci, para el clan Ngeci;
Njeri y Cera, para el clan Cera;
Nyambura y Mwĩthaga, para el clan Ethaga;
Wairimũ y Gathiigia, para el clan Gathiigia;
Wangarĩ y Ngarĩ, para el clan Ngarĩ; y
Warigia y Mũyũ, para el clan Mũyũ.

Capítulo veinte

La Primera Boda

La boda de Wanjirũ y Njirũ fue la primera ceremonia matrimonial.
La novia se levantó temprano y se vistió con un traje largo de suave piel,
Guarnecido de conchas y cuentas.
Collares de cuentas multicolores colgaban sueltos sobre el vestido,
Hileras de cuentas y cimbreantes pendientes se balanceaban con suavidad al
[compás de su andadura
Njirũ, el novio, también llevaba un traje de piel,
Que le sentaba tan bien que parecía haber nacido con él.
Los dos pasaron toda la mañana adornándose.

Gĩkũyũ y Mũmbi se habían despertado con las primeras luces, mucho antes del
[amanecer.
De pie, en el patio, escuchaban a los pájaros trinar a su alrededor.
Estaban de frente, mirando hacia la montaña y derramaban libaciones.

***

Dijo Mũmbi:
«El agua es vida para los humanos, los animales y las plantas.
El agua hace el barro con el que se moldea la vida.
El sol envía rayos de calor a la masa de barro,
Y sopla el aliento de vida en su interior.
La tierra bebe el agua y brotan las semillas».

Dijo Gĩkũyũ:
«Dios, Dador Supremo, te suplicamos.
Destierra cualquier mal, desde cualquier dirección—
Del norte, del sur, del este y del oeste—
Que pueda implicar una amenaza contra estas vidas».

Dijo Mũmbi:
«Con este agua bendigo a estos hijos,
A mis nietos y a mis biznietos.
Une a la familia con la fuerza de nuestra gente,
Con la de los que ya fueron, con la de los que viven y los que vendrán, la triada de
[la vida».

Dijeron a la vez Mũmbi y Gĩkũyũ:
¡Paz! Gloria al Dador Supremo. ¡Paz!

¡Paz! Gloria al Dador Supremo. ¡Paz!
¡Paz! Gloria al Dador Supremo. ¡Paz!

***

Por la tarde, con las otras nueve presentes,
Todas vestidas de piel, con abalorios y otros adornos,
Acompañadas de todos sus pretendientes,
Wanjirũ y Njirũ se pusieron en pie ante Gĩkũyũ y Mũmbi,

Y dijo Gĩkũyũ:
«Esta es la primera boda que se celebrará en esta casa,
Esta es una ceremonia para bendecir el comienzo de la Casa de Mũmbi.
Que crezcáis y os multipliquéis más que las estrellas del cielo».

Dijo Mũmbi:
«El principio del principio es multiplicarse,
El comienzo de más provechos que vendrán,
El comienzo de un nuevo mañana».

Dijo Gĩkũyũ:
«La Vida tiene y no tiene un principio.

La Vida tiene y no tiene final.
El principio es el final y el final es el principio».

Dijo Mũmbi:
«Sí, el principio y el final son las madres el uno del otro
El final de una fase es el comienzo de otra.
El fin de algo es el comienzo de algo
La muerte de una semilla es el nacimiento de muchas más».

Dijo Gĩkũyũ:
«Un nuevo comienzo viene de uno anterior,
Que empezó en un anterior principio.
Y entre el comienzo y el final,
Hay pequeños comienzos y finales como los segmentos de una caña de azúcar,
El final y el comienzo se dan a luz el uno a otro».

Dijo Mũmbi:
«Estas cosas os las ofrecemos para hacer posible el inicio de una nueva vida, ya que
Tú, la mujer, procedes de esta casa y tú, el hombre, de otra,
Juntos empezáis un nuevo hogar.
Esta y aquella casa dan lugar a una tercera,
Y así será siempre el relevo de la vida».

***

Dijo Gĩkũyũ:
«Estos obsequios son regalos que os habrán de acompañar en vuestro viaje por la
[vida.
Todo viajero lleva consigo provisiones para el viaje».

Dijo Mũmbi:
«Os hacemos regalos en el nombre de los padres,
De aquellos que estamos aquí presentes, y los que no pueden estar,
Desde hoy hasta el futuro, los padres del novio y los de la novia
Contribuirán al comienzo de una nueva casa,
Os ofrecemos regalos para que el novio y la novia tengan un comienzo bendecido».

Dijo Gĩkũyũ:
«De ahora en adelante, Njirũ es mi hijo, mi yerno.
Me llamará Padre, Suegro.
A partir de ahora y en adelante, tus padres son cuatro,
Nosotros dos y los dos de Njirũ, nuestros consuegros.
Vuestros hijos me llamarán Abuelo,
Y al padre del novio le llamarán también Abuelo».

Mũmbi dijo:
«Y yo, madre de la novia, soy la Abuela;
Y la madre del novio, es Abuela.
Ahora Njirũ es mi hijo.
Él me llamará Madre,
Y llamará a su madre, Madre».

Habilitando el Comienzo de un Nuevo Hogar

Dos machetes y aperos para cultivar la tierra fueron los primeros obsequios.
Después semillas para plantar variedades de plantas comestibles:
Sorgo, mijo, boniatos, ñames, y arrurruz.
Les fueron dados dos animales domésticos de cada especie:
Una ternera y un toro, un cabrito y una cabra nodriza, un carnero y una oveja.

Después, se les mostró su pedazo de terreno silvestre para desbrozar:
Tendrán que convertir una parte en campos para cultivar alimentos.
Las demás eran tierras de pasto.
Se les dieron dos lanzas y dos escudos,
Ropas de piel con diversos adornos.

Ceremonia de Compartir una Alubia

Wanjirũ y Njirũ compartieron una única alubia cocinada.
Juraron que siempre cultivarían, sembrarían y cosecharían juntos.
Repartiendo deberes y tareas de acuerdo con sus habilidades,
Y compartiendo con respeto lo que juntos produjeran.

Dijo Gĩkũyũ:
«Ahora que habéis partido alubias juntos,
Seréis bendecidos con buenas cosechas,
Para que seáis capaces de alimentaros a vosotros y a vuestros hijos».

Njirũ, el novio, cortó un trozo de carne de la paletilla, y dio de comer a la novia.
Wanjirũ, la novia, hizo lo mismo y dio de comer al novio.

Dijo Mũmbi:
«Ahora que habéis compartido una paletilla,
Vuestros brazos se han unido.
Arrearéis ganado y cabras que os darán leche.
Vuestras manos ahora están unidas.
Cultivaréis campos que producirán más y más».

Dijeron Gĩkũyũ y Mũmbi:
«Esposo y esposa, que construyáis juntos un nuevo hogar.
Que nos deis nietos que nos darán biznietos.
Que la vida fluya de generación en generación».

Dijo Gĩkũyũ:
«Y la mujer, que lleva el flujo de la vida,
Sea niño o niña, durante nueve meses, merece reverencia.
La mujer es la madre de la vida,
Por ser ella la que la guarda en su vientre.
La mujer es la portadora de la creación. Le mostraremos gratitud siempre».

Cuando terminó el reparto de regalos, los demás acompañaron a Wanjirũ y Njirũ,
Con tambores y canciones, todo el camino hasta su nuevo hogar.
Las mujeres entonando la canción de despedida de su anterior lecho.
Los hombres uniéndose e incorporándose en armonía,
Y moviéndose al ritmo de la canción.

***

Gĩkũyũ y Mũmbi caminaron hasta el nuevo hogar de la pareja,
Mũmbi por el lado izquierdo y Gĩkũyũ por el derecho,
Mojando un hisopo en el agua y rociando en libaciones.

Finalmente, se encontraron en la entrada.
Wanjirũ y Njirũ accedieron a su nuevo hogar,
Con las otras nueve ululando.

Las demás bodas siguieron el mismo modelo,
Cada nueve días, una ceremonia.
La de Wangũi and Ngũi fue la novena,
Después era el turno de Warigia,
Nueve pares para convertirse en las Nueve Perfectas.

Capítulo veintiuno

Warigia

Después de otros nueve días, todas las miradas se volvieron hacia Warigia y Kĩhara.
Kĩhara, que en la montaña quiso desandar lo andado y que, más tarde, arrepentido,
[regresó con el grupo,
El mismo que sufrió el rasguño de un león, que le valió el nombre de Kĩhara,
El mismo que en una ocasión arrancó el pelo que todo lo cura de la lengua de
[Mwengeca.
Todos le querían; era uno de ellos, como los que crecen juntos.

Juntos habían comido y bebido, juntos habían luchado contra los ogros.
Fue el primero de los hombres en rechazar el señuelo del atractivo ogro pintado
[con tiza.
Las nueve amaban a Warigia, su hermana pequeña.
Ella fue la última en nacer; entre todos la habían criado,
A menudo peleándose por llevarla a sus espaldas.

La habían alimentado, bañado y vestido.
Habían compartido con ella su lucha por la vida.
Su casamiento les trajo gran alegría, y habían preparado muchos obsequios para
[ella
Pero antes de que Gĩkũyũ y Mũmbi comenzaran la ceremonia de las bendiciones,
Kĩhara, el novio, pidió decir unas palabras:

«Quiero hablaros, padre y madre míos», dijo,
«No puedo llamaros de otro modo, dado que
Me recibisteis y aceptasteis como un hijo vuestro.
Quiero que sepáis que no he cambiado en nada;
Mi corazón y el de Warigia laten al mismo ritmo.

Pero, en el fondo, siento que no puedo cumplir con el mandato de vuestra ley por el
[que
Esposa y esposo deben vivir en esta región para estar cerca de vosotros.

A pesar de que el corazón desea y está dispuesto a quedarse aquí,
También siente la llamada de mi hogar del que procedo, y os pido que
Me permitáis llevar a Warigia a casa, para que conozca a mis padres».

«Has hecho bien en abrir tu corazón», dijo Gĩkũyũ,
«Porque es verdad la palabra procedente del interior no se puede vencer con ningún [alegato.
Tus palabras, como padre, han hecho mella en mi corazón;
Los hijos que recuerdan a sus padres son bendecidos;
Como futuros padres, ellos esperarán lo mismo de su prole».

«Pero en mi casa no hay una ley para el cordero y otra para la oveja.
Por eso os enuncié esta ley antes de que se encontraran vuestros corazones.
Aquellos que fueron incapaces de acatarla, se marcharon en paz.
Yo no puedo evitar que hagas lo que tu corazón te dicte,
Pero Warigia no será separada de sus hermanas».

Kĩhara miró a Warigia como si le hubieran golpeado el corazón con una maza
Entonces, dio unos pasos, decidido a partir, pero repentinamente
Se detuvo y volvió la vista atrás, como si fuera a cambiar de idea.
Lo hizo varias veces —parar, mirar, y partir— pero finalmente se encaminó hacia la [puerta.
Warigia no se podía creer que Kĩhara la abandonase, y así habló:

«Mi corazón está lleno de amor hacia todas vosotras, mis hermanas», dijo Warigia, y
Especialmente hacia mi padre y mi madre, ya que ellos me dieron a luz, me dieron [la vida,

Y había jurado no dejarles nunca aquí solos. Sin embargo,
Yo tampoco estoy de acuerdo con esta ley, porque
Estos pretendientes son humanos como yo, y abandonaron su lugar por nosotras.

También vosotros, padre mío, madre mía, vinisteis de algún lugar.
Dios os trajo aquí, y construisteis un hogar aquí en Mũkũrũweinĩ.
Si permanezco aquí, envejeceré pensando que madre es la única que cocina bien.
Yo también seguiré los dictados de mi corazón, del mismo modo en que vosotros lo [hicisteis una vez.
Saldré al mundo para encontrar mi propio Mũkũrũweinĩ».

Warigia no esperó a la respuesta de su padre y su madre.
Temía que su corazón se ablandara, ya que en verdad los amaba.
Desde que nació, no conoció otras vidas más que las de sus padres y hermanas.
Sin embargo, triunfó la lealtad a su propio corazón. Lo siguió sin mirar atrás ni una [sola vez.
Sus hermanas la acompañaron, cantando apenadas la triste canción del adiós:

Quédate, quédate,
¡Quédate!
Quédate por favor
No me hagas esto.
¡Quédate!

Es más de lo que puedo soportar.
Quédate
Nuestra querida Warigia
¡Quédate!
Prometiste no abandonarme nunca.
Quédate
Y ahora te estás marchando.

La canción que habían cantado acompañando a las otras novias
Estaba ahora empañada por la profunda tristeza de separarse para siempre.
Fueron tras ella, pero cuando Warigia desapareció en la distancia, se volvieron.
Gĩkũyũ y Mũmbi parecían haber perdido la voz,
Sin embargo, también se veían a sí mismos en los actos de Warigia,

Ya que ella hizo lo que una vez ellos habían hecho,
Seguir los dictados de su corazón.

Su acción les recordó el pasado ritmo de sus propios corazones.
Aunque en su caso fue un desastre lo que les hizo emprender el viaje,
A pesar de todo, sintieron que Warigia era igual que ellos.

Dijo Gĩkũyũ:
«Paz, Dios el Dador Supremo, cuida de ellos dos

Cuando el sol se vuelva demasiado ardiente, encamínalos a una sombra fresca.
Cuando llueva y haya tormenta, guíalos a refugio.
Si se encuentran con un animal peligroso
Ciérrale los ojos, para que no los vea.
Aparta de su camino agujeros, enfermedades y ogros.
Donde quiera que acaben, son mis hijos».

Dijo Mũmbi:
«Que así sea. ¡Paz!
Paz, para que siempre encuentren el camino de en medio.
Paz, que ellos también me den nietos».

Capítulo veintidós

Warigia y el León

Las familias de las Nueve aumentaron,
Desbrozaron más tierra virgen,
Criaron ganado y cabras que produjeron abundante leche,
Incluso prepararon más tierra cultivable.
Los cultivos produjeron buenas cosechas; sus graneros estaban llenos.

Pero nada les brindó tanta alegría como el día en el que
Las nueve, todas ellas, sintieron que la vida se agitaba en su interior.
Los nueve vientres a la vez comenzaron a expandirse,
Y supieron con certeza que portaban la yema de la vida.

Era sorprendente, el milagro de una vida transportando otra vida
Que se movía dentro de sus propios cuerpos, recordándoles lo que antaño Gĩkũyũ
[les había expresado,
Que la mujer es la madre de toda vida humana, masculina o femenina,

Que todos los niños siempre deben recordar, amar y respetar a sus padres,
Y en especial a sus madres, que los llevaron con amor durante nueve meses.

Cuando los niños vinieron al mundo desde el vientre de sus madres,
Una nueva alegría inundó los hogares:
Cinco ululaciones para un niño;
Cinco ululaciones para una niña.
Chico y Chica hacen nuestro mañana.

Prepararon una gran fiesta para celebrar los nueve nuevos.
También crearon canciones nuevas, nuevas nanas.

Tambores, flautas y sonajas estaban listas,
Todo para celebrar la diversidad de niños y niñas,
La Casa de Mũmbi comenzó con un hombre y una mujer.

Mas cuando estaban a punto de comenzar el festejo,
Apareció un león a la entrada del patio.
La bestia se irguió sobre sus patas traseras
Con intención de saltar al ataque sobre ellos.
Los hombres corrieron a por sus jabalinas,

Pero Gĩkũyũ les ordenó que se detuvieran, porque
Ningún león había visitado nunca la casa,
Ya fuera por la entrada delantera o la trasera.
Entonces la bestia se quitó la melena
Y al principio se quedaron todos sin palabras
Antes de estallar repentinamente en gritos de júbilo.

Era Warigia la que estaba a la puerta,
Su barriga era grande y redonda.
Pero justo antes de que pudieran preguntarle sobre los ropajes de león,
Comenzaron los dolores del parto, la vida de dentro pidiendo salir.
La fiesta para celebrar los nueve nuevos se convirtió en la celebración de un nuevo
[Nueve Perfecto.

Más tarde, dijo Warigia:
«Estoy feliz por el modo en que me habéis recibido.
No quitasteis el puente que me unía a vosotros, para que pudiera volver a cruzarlo
Confirmando la verdad del dicho, "No quemes tus puentes".
Desde que era niña
He aspirado a seguir los pasos de Gĩkũyũ y Mũmbi,

A seguir los caminos que habéis seguido,
Beber de la calabaza de la que habéis bebido,

Lavarme en las aguas en las que os habéis lavado,
Pero los deseos del corazón no siempre se cumplen,
Ni maduran de la manera soñada.

Acerca de mis piernas todos supisteis:
Un cuerpo de adulto sobre piernas de bebé.
Cuando vosotras, mis hermanas, ibais a cazar,
Me quedaba en casa, llorando.
Entonces decidí ser lo mejor de mí misma.
Y aprendí a disparar con flechas.

Entrené apuntando a postes o incluso a pájaros,
Hasta que mis ojos aprendieron a ver la ruta en el aire,
Y fue tanto lo que aprendí, que cuando apunté y solté una flecha,
Esta siguió la ruta que mis ojos habían trazado.
Aunque cuando volvíais de vuestras cacerías, yo escondía mis flechas.

Incluso traté de trepar árboles, también de saltar
Simplemente para probar hasta dónde era capaz de llegar con estas piernas.
Todos sabéis cuánto me he esforzado para hacer las cosas por mí misma.
La incapacidad del cuerpo no significa incapacidad del corazón o de la mente.
El corazón y la cabeza gobiernan el cuerpo.

Cuando mis ojos se posaron por primera vez sobre aquel que llamasteis Kĩhara,
Sentí que mi corazón latía con tanta fuerza, que me dije: “Es él”.
Incluso después de haberse unido a vosotros en el viaje a la montaña,
Siempre sentí que él y yo éramos el uno para el otro.
En el río, oía su voz emergiendo del agua.

Por eso me arrastraba hasta allí cada día y me sentaba sobre una roca;
Y le oía murmurarme que fuera valiente.
A veces, su voz me decía que jugara en el agua;
Y, según me infundía ánimo, eso hice, jugar en ella,
Probando a dejarme llevar por ella o a nadar a contracorriente.

La primera vez que sentí un poco de fuerza en mis piernas no me atreví a creerlo.
Entonces vi que en el río podía ponerme de pie.
Empecé a vadearlo, con los brazos levantados hacia mi hombre.
Después intenté caminar en la tierra firme, y sentí que mis piernas me sujetaban.
Aquel día volví a casa de mis padres caminando con piernas seguras.

Después de aquello, finalmente volvisteis de la montaña,
Y supe que aquel día que caminé hacia casa sobre mis piernas
Fue también el mismo día que mi hombre arrancó el pelo que todo lo cura de las
[fauces de un ogro.

Y ese milagro confirmó la elección de mi corazón; él era el elegido para mí.
Por eso, cuando dijo que se iría, le seguí.

Lo encontré de pie, a poca distancia de la entrada,
Indeciso entre marchar o volver
Y de nuevo rogué a mi padre que cambiara de opinión.
Cuando sus ojos me vieron llegar, volvió a la vida.
Un pájaro con una sola ala había recuperado su segunda ala.

¿Qué más os puedo decir?
Es cierto que volamos con nuestras nuevas alas,
Que nos encontramos con muchas tribulaciones,
Ogros y animales salvajes nos perseguían,
Pero nada debilitó la decisión de mi hombre.
Compartiría todo lo que había aprendido durante vuestro viaje a la montaña.

Cruzamos y atravesamos numerosas regiones durante muchos días.
Finalmente, en el límite de un bosque, me señaló el humo del hogar de su gente.
De pronto, un león surgió de la nada y saltó sobre mí
Tan rápido como mi hombre saltó sobre él antes de que este pudiera alcanzarme.
Lucharon, hombre y león, en brutal combate entre hombre y bestia.

Realmente, no sé de dónde sacó mi hombre la fuerza, pero,
Al final, pudo clavarle una lanza.
Oí al león rugir. Dejé a mi hombre solo y escapé.
Oh, hermanas mías, cuando volví a él, me miró, y

Apenas pudo decir tan solo una cosa: "Vuelve a casa".
Y entonces cayó en el silencio final.
Luché hasta que logré enterrar el cuerpo;
Y entonces me senté allí sola, y las lágrimas no venían.
Incluso pensar en qué hacer a continuación era difícil.

Todavía indecisa, miré en la dirección que había tomado el león
Lo vi entre la maleza, me estaba mirando.
Recordé lo que siempre me habíais dicho, que cuando un león prueba la sangre,
Se comporta como si su sed de sangre hubiera aumentado, y
Empecé a tratar de averiguar cómo podría escapar de sus deseos criminales.

Antes de alejarme unos pasos de él, sentí una sensación de cosquilleo y miré hacia
[atrás:
La fiera, con la lanza todavía sobresaliendo de su cuerpo,
Corría hacia mí para acabar con mi vida del mismo modo en que había acabado con
[la de mi hombre.

De un brinco, alcancé mi arco y flechas y lancé una lluvia de flechas sobre él.
La tormenta de flechas detuvo a la bestia, que corrió entonces hacia el bosque.

Este león que acabó con la vida de mi hombre no dejará de matar humanos.
Entonces decidí: "Yo, Warigia, iré en su busca por bosques y valles hasta capturarlo.
Yo, Warigia, lo seguiré hasta el fin del mundo si es necesario".
Recogí las flechas de mi hombre
Me colgué ambos carcajes a la espalda y me adentré en el bosque.

Seguí el rastro de la sangre;
Día y noche lo seguí.
Entonces, una mañana, vi a la bestia tumbada en la hierba.
Estaba cansada, pero sentí resurgir energía en mí.

Busqué un árbol con doble ramificación.
Me escondí detrás y, a través del hueco entre las dos ramas, le disparé.
El león saltó y, furioso, vino hacia mí.
Quedó atrapado en el hueco, yo usé mi lanza con buen tino.

Después de abatirlo, le quité la piel
La cargué sobre mis hombros y busqué el camino de regreso.
Entonces, se me ocurrió una idea: me cubriría con la piel del león.

Sí, la piel de la bestia que me arrebató a mi hombre
Haría que otros animales y ogros me dejaran en paz.

También encontré esperanza al pensar que el espíritu de mi hombre estaba
[conmigo.
Yo era, después de todo, la orgullosa hija de Gĩkũyũ y Mũmbi,
La Warigia o Wanjũgũ que transformó las nueve en las Nueve Perfectas.
Así que, aquí me tenéis, con la cabeza y la piel del león que mató a mi hombre.

De manera que, cuando deis la bienvenida a una nueva vida
Crezca con ululaciones de alegría;
Y yo le mostraré el trofeo que prueba que
Su padre murió por amor —a sus padres, a su esposa y a su gente—».

Capítulo veintitrés

Consolidando Vínculos entre Parientes

Gĩkũyũ y Mũmbi y todos los reunidos allí
Quedaron impresionados por la tragedia que se llevó al hombre de Warigia
Pero también asombrados por su coraje de ambos.
Decidieron que, para honrar al hombre y también
El regreso de Warigia viva, los ritos matrimoniales incluirían unas pequeñas [adiciones.

La Ceremonia por la Unión de las dos Familias

La familia del novio lleva regalos a la familia de la novia.
Durante la fiesta, el novio coloca un collar en torno al cuello de la mujer
En medio de cantos, danzas, tambores y flautas.
Transcurrido un tiempo, la familia de la novia lleva regalos a la familia del novio.
Durante la fiesta, la novia ata una banda de cuero con cuentas en el brazo del [hombre

Entre cantos, danzas, tambores y flautas, una orquesta de voces e instrumentos.
Las dos ceremonias son para unir a las dos familias y comunidades.
Las dos fiestas se añaden a los ritos del cortejo y los esponsales.

Ceremonia para Propiciar la Nueva Casa

Las ceremonias para favorecer un buen comienzo para la pareja continúan un día [más
Ambas familias contribuyen para el bien de la nueva pareja,
Igual que Gĩkũyũ y Mũmbi hicieron con las nueve y sus hombres,
Regalándoles las semillas para comenzar un nuevo hogar.

Capítulo veinticuatro

Epílogo: El Testamento de Gĩkũyũ y Mũmbi

Nueve meses después del regreso de Warigia,
Gĩkũyũ y Mũmbi convocaron una reunión de las Nueve Perfectas,
Todas junto a sus maridos e hijos.
Tomaron comida, bebieron gachas, cantaron y tocaron tambores con alegría.
Por la tarde, justo antes del anochecer, Gĩkũyũ habló a los reunidos del siguiente
[modo:

Dijo Gĩkũyũ:
«Ahora todos podéis ver que el cabello gris ha cubierto nuestras cabezas;
Incluso nuestras voces han perdido fuerza.
El brazo no tiene la potencia necesaria para tirar una lanza o sostener una espada.
Nuestros ojos ya no pueden ver la diana en el juego de las flechas, pero estamos
[bendecidos:
Vosotras, las Nueve Perfectas nos habéis dado los cimientos de los nueve clanes, los
[Nueve Perfectos.

***

Pero nuestro tiempo ha llegado.
Mañana partiremos de viaje.
Regresaremos a la montaña de la que vinimos.
Por si no volvemos, haced vuestras estas palabras:

“No me busques en las malas obras.
No me busques en hurto y el robo.
No me busques en la pereza.
No me busques en la violencia insensata.
No me busques en el odio.
No me busques en las guerras sin sentido.
No me busques en la lucha sangrienta,
Pues mi nombre no debe estar en boca
De los que traman hechos perversos”».

Mũmbi dijo:
«Buscadme en el agua.
Buscadme en el viento.
Buscadme en la tierra.
Buscadme en el fuego
Incluso en el sol,

Incluso en las estrellas.
Buscadme en la lluvia.
Buscadme entre los campesinos.
Buscadme en las cosechas.

Buscadme en el amor.
Buscadme en la unidad.
Buscadme entre los que ayudan.
Buscadme entre los oprimidos.
Buscadme entre los que quieren justicia,
Aquellos que dan comida al hambriento, agua al sediento.
Buscadme entre los que ayudan a los enfermos.
Buscadme entre los que están sin ropas ni cobijo.
Buscadme entre aquellos que construyen la nación en nombre de lo humano».

Dijeron Gĩkũyũ y Mũmbi al unísono:
«Si hacéis esto,
Estaremos con vosotros
Ahora y todos los días, vida sin fin».

Sobre el Autor

NGŨGĨ WA THIONG'O ES UNO DE LOS MÁS DESTACADOS ESCRITORES y eruditos en activo de la actualidad. Nació en Limuru, Kenya, en 1938. Es autor de novelas, obras de teatro, cuentos, poemas y ensayos. Es más, ha escrito sus obras creativas en su lengua nativa, gĩkũyũ, y es conocido como activista en defensa de las lenguas africanas. Actualmente Ngũgĩ es profesor distinguido de Inglés y Literatura Comparada en la Universidad de Irvine, California.

Ngũgĩ ha recibido doce doctorados honoríficos, entre otros premios.

Las Nueve y los Ogros

1	Wanjirũ	Primogénita. Dama habladora, maldijo la codicia	Mwengeca rey de los ogros: Corazón codicioso. Pelo en la lengua
2	Wambũi	Teje cestos. Lee las estrellas. Cabalgando sobre una cebra condujo un ejército a la victoria	Ogro que defecaba sin parar, poluciona aire y agua
3	Wanjikũ	Ama el trabajo. Cultiva mijo. Responde fieramente en las afrentas. Valora su libertad. Conoce hierbas que curan. Tiene los poderes curativos de la paz	Ogros con máscaras blancas
4	Wangũi	Apacigua con su canto	Ogro de las lágrimas sin fin
5	Waithĩra, también Wangeci	Busca el conocimiento. Escucha a todos antes de decidir. Resuelve problemas	
6	Njeri, del clan Mũceera	Razona en busca de la justicia	
7	Nyambura, también Mwĩthaga	Tiene poder de invocar la lluvia. Revisa y planifica. Defiende sus animales. Sus ojos hechizan. También busca la razón en servicio de la justicia	Ogro que exhala fuego y furia
8	Wairimũ	Independiente. Artista/artesana. Entre las mejores lanzando jabalinas y flechas. Rechaza la necedad	Ogro con bolsas que nunca se llenan
9	Wangarĩ, también Waithiegeni	Tiene el valor y la rapidez del leopardo, y sus ojos brillan con igual fulgor	Ogro de la oscuridad infinita
9 bis 9 Perfectas	Wamũyũ Warigia		

African Languages

Kenda Mũiyũru

Rũgano rwa Gĩkũyũ na Mũmbi

Thiomi cia Abirika

1. *Kaana Ngya* – David Maillu
2. *Ogilo Nungo Piny Kirom* – Asenath Odaga
3. *Miaha* – Grace Ogot
4. *Mðikarðre na Mðtøørðre ya Amðrø* – Fr. Daniel Nyaga
5. *Møøgð nð Møtaare* – Philip M. Ng'ang'a
6. *Mørogi wa Kagogo (Mbuku ya Mbere)* – Ngøgð wa Thiong'o
7. *Mørogi wa Kagogo (Mbuku ya Kerð)* – Ngøgð wa Thiong'o
8. *Mørogi wa Kagogo (Mbuku ya Gatatø)* – Ngøgð wa Thiong'o
9. *Mørogi wa Kagogo (Mbuku ya Kana)* – Ngøgð wa Thiong'o
10. *Mørogi wa Kagogo (Mbuku ya Gatano)* – Ngøgð wa Thiong'o
11. *Mørogi wa Kagogo (Mbuku ya Gatandatø)* – Ngøgð wa Thiong'o
12. *Mwandðki wa Mau Mau Ithamðrioinð* – Gakaara Wanjaø
13. *Møtaarani Møgðkøyø* – Albert Wakøng'ø
14. *Njamba Nene na Mbaathi ð Mathagu* – Ngøgð wa Thiong'o
15. *Ngaahika Ndeenda* – Ngøgð wa Thiong'o na Ngøgð wa Mðrið
16. *Njamba Nene na Cibø Kðng'ang'i* – Ngøgð wa Thiong'o

17. *Caitaani Møtharabainð* – Ngøgð wa Thiong'o
18. *He Gatø Ngøhe Kanua* – John Gatø
19. *Mutiiri Njaranda ya Mðikarðre: Manja I. Iruta 1* – Ngøgð wa Thiong'o na angð
20. *Mutiiri Njaranda ya Mðikarðre: Manja I. Iruta 2* – Ngøgð wa Thiong'o na angð
21. *Mutiiri Njaranda ya Mðikarðre: Manja I. Iruta 3* – Ngøgð wa Thiong'o na angð
22. *Mutiiri Njaranda ya Mðikarðre: Manja I. Iruta 4* – Ngøgð wa Thiong'o na angð
23. *Bathitoora ya Njamba Nene* – Ngøgð wa Thiong'o na angð
24. *Esabaria yokorora ching'iti chiorosana* – Ezekiel Alembi
25. *Ogake Bodo* – Frank Odoi
26. *Ogasusu na Abasani Baye Aboro* – Anderea Morara
27. *Rwðmbo rwa Njøkð* – Ngøgð wa Thiong'o
28. *Nyoni Nyonia Nyone* – Ngøgð wa Thiong'o
29. *Kenda Møiyøru* – Ngøgð wa Thiong'o

Ngũgĩ wa Thiong'o

Kenda Mũiyũru

Rũgano rwa Gĩkũyũ na Mũmbi

East African Educational Publishers

Nairobi • Kampala • Dar es Salaam • Kigali • Lusaka • Lilongwe

WATHĨRĨRI

Thiomi cia Abirika iii

Ũtongoria ix

1. Matemo 11
2. Gũthaithanĩra Rũrĩmĩ Rũhũthe 21
3. Kenda Mũiyũru 29
4. Nyaga na Rũhuho 37
5. Iruga Ndĩa na Rwĩmbo 43
6. Gĩkũyũ na Mũmbi 49
7. Magerio Magwa na Mahota 63
8. Magerio ma Heho 71
9. Rũgendo rwa Kenda 75
10. Rũcuĩrĩ rwa Mwengeca 89
11. Gĩtumagĩtatumũkaganduma 95
12. Gĩcinagĩcinĩrĩri 101

13. Irimũ rĩa Kĩmĩimatathiraga 105
14. Marimũ ma Kĩondo Gĩtaiyũraga 109
15. Wamahuru na Wamahiti 117
16. Marimũ ma Irembeko 121
17. Rũcuĩrĩ Rũhonia Ciothe 125
18. Kũhanda Ithĩgĩ Mũciĩ 129
19. Igongona rĩa Gũciaranwo 131
20. Ũhiki wa Mbere 135
21. Warigia 143
22. Kumagwo nĩ Gũcokagwo 149
23. Magongona ma Gũkindĩra Ũthoni 157
24. Kwĩgaya kwa Gĩkũyũ na Mũmbi 159

Ngatho 163

Ũtongoria

KUMA RĨRĨA NDĨ MWANA NDAIGUIRE CIA GĨKŨYŨ NA MŨMBI, na airĩtu ao kenda, ndatũire ndĩyũragia, anake arĩa mahikanirie nao moimire kũ? Maarĩ a?

Ngĩthoma mabuku maingĩ mũno, kũmatha kĩrĩra: Jomo Kenyatta, *Njũthĩrĩirie Kĩrĩ Nyaga (Facing Mount Kenya); Gakaara wa Wanjaũ, Mĩhĩrĩga ya Agĩkũyũ; Godfrey Mũriũki, Hithitũrĩ ya Agĩkũyũ (A History of the Akikuyu)*, na ingĩ nyingĩ. Ndarora cia rũthiomi na mĩtugo mĩingĩ, ngĩona atĩ arĩa metagwo andũ a Kĩrĩ Nyaga – Thagicũ, Tharaka, Cuka, Mbeere, Gĩcũgũ, Ndia, Mĩrũ, Embu na Ikamba – nĩ matarainie. O na ndaikia maitho kabere ga Kĩrĩ Nyaga, ngona atĩ ndũrĩrĩ nyingĩ cia Kenya nĩ itarainie maũndũinĩ mamwe, na igatigana na mangĩ. Ikamba nĩ magwetaga Mũgĩkũyũ ng'anoinĩ ciao cia kĩhumo. Abagusii moigaga atĩ ithe mwambĩrĩria wa rũrũrĩ rwao, Mogisii, marĩ a nyina ũmwe na Mũgĩkũyũ me hamwe na angĩ atatũ, makĩũranwo me thamainĩ kuma Mithiri (Egypt).

Ndũrĩrĩ nyingĩ cia Abirika nĩ igwetaga Mithiri makĩaria cia kĩhumo gĩacio. Amerũ nĩ maaragia ũrĩa maringire iria itune, makĩgera Mithiri morĩire andũ a nguo ndune.

Thiomi cia ndũrĩrĩ iria ciĩtanagio na kiugo Bantu, nĩ itarainie, na ciugo nyingĩ, ta iria igwetaga mũndũ, kĩndũ, mũtĩ, mwana, ng'ombe, Mũrungu (Ngai) nĩ ihanaine.

Ningĩ othe moigaga kĩhumo kĩao nĩ Mũndũ, Muntu, kana Kintu. O na Abagusii magan-aga atĩ ithe ũrĩa waciarire ithe wa Mogisii na ariũ acio ake atano, etagwo Kintu. Kũ-ringana na ũtuĩria na mecirĩria ma Emmanuel Kariũki, Biraũni ũmwe wa Mithiri, ũrĩa wathanaga hakuhĩ mĩaka ngiri igĩrĩ mbere ya Njĩcũ gũciarwo, etagawo Mentuhotep, na rĩngĩ agetwo Kintu.

Ũthii na mbere wa Mithiri, ũrĩa wĩtagwo ũthitarabu, waikarire mĩaka ngiri na ngiri, na atĩ gũtirĩ ũthii na mbere o na ũrĩkũ, wĩ wa mangiriki kana wa andũ angĩ, ũrĩ watũũra mĩaka mĩingĩ ũguo. Athomi njata a Mithiri nĩo maarĩ a mbere kuga nĩ monaga irĩma cia mweri, gĩikaro kĩa Ngai, o na gũgatuĩka Athamaki amwe a Mithiri, Mabiraũni, nĩ mookaga nginya Kĩrĩ Nyaga, gĩ kĩmwe kĩa iria meetaga Irĩma cia Mweri, cikaro cia Ngai.

Ngĩcoka ngĩrora mabu na ngĩona atĩ bũrũri witũ na mabũrũri ma Ithiobia na Mithiri nĩ marigainie. Mũkuru Mũnene (The Great Rift Valley), ũrĩa wĩ irĩma nyingĩ cia mũtuthũko wa mwaki (volcano), na njũũĩ nyingĩ, na ũrĩa ũtuĩkaga nĩ guo kĩhumo kĩa andũ a thĩ yothe, wambĩrĩirie Abirika ya Mũhuro, ũgathiĩ ũguo, ũgereire Kenya, nginya Jordan na Labanon, Mabũrũri ma Irathĩro rĩa Gatagatĩ (Middle East). Mũkuru Mũnene ũcio nĩ ta guo watuĩkire njĩra nene harĩ thamainĩ cia andũ arĩa macokire gũtuĩka rũrĩrĩ rũrũ kana rũũrĩa.

Ũtukũ ũmwe ngĩhahũka toro. Ngĩona ta ndahingũka maitho ma ngoro, ta arĩ ũhoro ndĩraguũrĩrio. Ngĩthiĩ methainĩ, ngĩoya Karamu, ngĩandĩka rũrũ rwa Kenda Mũi-yũru. Kwoguo rũgano rũrũ ti Hithitũrĩ nĩ Kĩguũrĩrio.

1

Matemo

Ngũgana rwa Gĩkũyũ na Mũmbi,
Aciari a rũciaro kenda mũiyũru
Itugĩ cia nyũmba ya Mũmbi
Mĩhĩrĩgo mĩhĩrĩgi mĩhĩrĩga kenda
Rũrĩra rũruru mũruru wa muoyo kĩambi rũrĩrĩ, o

Na cia ng'endo ciao o ho, ũrĩa
Ciamagereirie magerioinĩ marũrũ
Makaigua mũguthũrano rungu rwa thĩ,
Wa ithingithia igĩthingithia thĩ, naguo
Ng'ong'o wa ng'ongo ĩno na ĩno kũinaina,

Rĩngĩ irĩma njerũ igakonoka ndainĩ ya thĩ
Ikambata ĩkĩrĩrĩmbũkaga mwaki, naguo
Mũkuru ũigana kũrema tondũ wa kũrikĩra na kwarama

Ũgethondeka, atĩ mehũgũra, kũrora nĩ kĩĩ,
Marona o rũũĩ rwa mwaki rũgĩtherera thuthainĩ wao,

Magatambĩrĩra ng'ongoinĩ
Iria itarakana mwaki, na
O rĩrĩ moiga matĩnĩke
Kũhurũka hanini, magakora
Kĩhiga kĩngĩ gĩtune ta kĩ

Gĩkagaragara na kũrĩ o!
Acio, ndira ciande na ya werũinĩ
Rĩngĩ naguo mwaki nĩ ũmahĩtire,
Magacokia ndira ciande
O marĩona ha kũhurũka.

Maatũngire ithukia ngoro karũndo
Nayo mĩĩrĩ yao nĩ kũinaina
No ngoro ciao itingĩenyenya
Nĩ kwĩhotora mwĩhoko ngoro na
Kwĩrũmarũmia rũrigi rwa ũmĩrĩru.

Nĩ rĩo maakorire kĩrĩma
Kĩhutanĩtie na matu

Matiamenyire mwambatĩro
Meyonire me gathũrũmũndũinĩ
Na makĩamba kũgegeara,

Nĩ ũrirũ wa nyaga njerũ,
Ũhehu ũramathingata ta
Kũmeera matĩĩmĩre o hau
Magĩikania ritho marigĩrĩirwo:
Nĩ mbere kana nĩ thutha tondũ,

Mbere nĩ nyaga njerũ na hehu, ta
Kũndũ ĩngĩhehia ngoro, nakuo
Thutha nĩ njũũĩ cia mwaki
Na ngaragari cia mahiga na cio
Ithingithia no gũthukia thĩ mwena na mwena.

Matiehokokirwo mwĩhoko
Kana kwĩyũria 'narĩ-korwo'
Kana bĩĩ nũũ wahĩtithia ũngĩ,
O nĩ kwĩrũmia ũmĩrĩru, na
Gũikia maitho mbere gũcaria njĩra.

Kũraya makĩona kĩrĩma kĩngĩ,
Kĩerũ gathũrũmũndũ o ta gĩkĩ,
Ta cierĩ ciarĩ cia nyina ũmwe,
Makiuga: Kĩĩrĩa kĩrĩma kĩngĩ kĩa Mweri.
Mwena ũngĩ makĩona ingĩ,

Ikomanĩire ta ndarwa ciĩkũnjĩte
Makiuga: ici cia Nyandarwa;
Mwena ũngĩ nĩ kĩngĩ kĩhana
Njahĩ na kĩngĩ mbirũirũ; nĩ
Kĩo Kĩanjahĩ na Kĩambirũirũ.

Magĩthemeka nĩ ũthaka ũrĩa
Wamathiũrũrũka guothe:
Bũrũri mwaraganu kũmwe, na
Kũngĩ nĩ irĩma na mĩkuru,
Njũĩ gũthererera mathanjĩinĩ,

Nyamũ mĩthemba ĩtangĩtarĩka
Nĩ ũingĩ, cinamĩrĩire maaĩinĩ
Na ingĩ gũtũũha mĩenainĩ ya njũũĩ.
Gĩkũyũ na Mũmbi makĩĩhũgũra
Kahoora makĩamba kũrorana.

Matanacokia maitho mbere
Magĩtambũrũkia moko ta
Aya maramũkĩra bũrũri, makiuga:
Nĩ wega Mwene Nyaga nĩ ũyũ
Watũgaĩra ithuĩ na njiarwa cia njiarwa citũ

Magĩkĩrũma nyaga ngundi na
Makĩmĩhurunja gĩthakainĩ
Makĩambĩrĩria na igũrũ:
Thaai thathaiyai Ngai thaai!
Magĩcoka mwena wa Mũhuro:

Thaai thathaiya Ngai thaai!
Magĩcoka na wa Irathĩro:
Thaai thathaiya Ngai thaai!
Makĩrĩkia na wa Ithũĩro:
Thaai thathaiya Ngai thaai!

O rĩmwe makĩigua ngoro
Ciatuuma maaririkana kũrĩa
Managera kũndũ kwa irĩma,
Na njũũĩ ta ici, nyamũ ta ici,
Na gũtiamagucirie nĩ ũndũ wa

Mathĩĩna ma andũ na mũmbĩre.
Na rĩu ũthaka maatigire
Nĩ woneka ũiyũire na
Ũgaitĩrĩra, igai rĩa Ngai.
Makĩina rwa ngatho ndikĩru:

Mwene nyaga nĩ twakũgatha
Nĩ ũthaka ũyũ wakenga ta kĩ,
Tĩĩri ũyũ njũũĩ na irĩma nyingĩ
O na nyamũ mĩthemba mĩingĩ

Mahũa maya nĩ riri waku
Mĩtĩ na nyamũ hamwe na nyoni
Na ciũngũyũ njũũinĩ na ndiainĩ
Ciũmbe ciothe nĩ riiri waku

Twathikĩrĩria twaigua mũgambo
Waku Ngai ũkiuga ũthaka ũyũ wothe
Watwathĩra tũũramate wega
Kĩrorerwa riiri waku mwega

Kayũ gagĩtambia rwĩmbo
Mĩtitũinĩ na irĩmainĩ,

Mĩgambo ĩgatũnganĩra igũrũ
Yumĩte mwena na mwena,
Nyoni irũgarũgage nacio ngĩma gũcuuha mĩtĩinĩ.

Gĩkũyũ na Mũmbi makiuma
Kĩrĩmainĩ matekwĩhũgũra.
Harĩa mĩnoga yamarũndĩire
Maakomire toro mĩeri kenda,
Taarĩ toro wa kĩambĩrĩria.

Mokĩririo nĩ nyagathanga,
Mĩkũrũwe na mĩkũyũinĩ,
Ikĩrũgarũga na kũhuha
Mĩrũri igĩthonjaga ta kũmaathĩrĩra
Atĩ o nao make gĩtara kĩao hau.

Makĩigua ta maciarwo rĩngĩ!
Mũmbi agĩtua ithangũ mũkũyũinĩ.
Tondũ wa gũciarwo rĩngĩ, rĩu,
Ndĩrĩgwĩtaga Wamũkũyũ na,
Ngĩkũnania, ngagwĩta Mũgĩkũyũ …

Magĩkora mũtamaiyũ hau,
Gĩkũyũ agĩtua ithangũ
Akĩrĩnungĩra akĩigua wega.
Rĩaku no Mũmbi wanyũmbire,
Ngagwĩtania na ndamaiyũ,

Ngakũnania Mũtamaiyũ wakwa! Na
Makĩambĩrĩria gũthaka na marĩtwa:
Mũkũyũ! Gĩkũyũ! Mũmbi akoiga
Mũmbi! Mũtamaiyũ! Gĩkũyũ akoiga
Mũthuuri! Mũtumia! Makiuganĩra!

Makĩrorania maitho ta
Maya marakenga ũtheri, ta
Me kĩrotoinĩ gĩa gĩkeno, na
Magĩcokia mothiũ bũrũriinĩ,
Makiuga *Thaai! Thathaiya Ngai!*

Makĩmaroria kĩrĩ nyaga,
Makiuga *Thaai! Thathaiya Ngai!*
Nĩ kũmarehe mũkũrũweinĩ
Makĩina rwa ngatho nĩ kũigwo
Mũkũrũweinĩ wa Nyagathanga!

Mwene Nyaga nĩ twakũgatha
Nĩ ũthaka ũyũ wakenga ta kĩ,
Tĩĩri ũyũ njũũĩ na irĩma nyingĩ
O na nyamũ mĩthemba mĩingĩ

O naniĩ mũki na ndeto ĩno nĩ guo ngwamba gwĩka:
Gũthathayanĩra thayũ ngoroinĩ hote kũheana rũrũ
Rwa Gĩkũyũ na Mũmbi na kenda wao mũiyũru,
O ta ũrĩa rĩmwe ndahurutĩirio ũhoro nĩ rũhuho,
Ndĩ karĩmainĩ ngĩrorera thũngũrũrũ irereire rĩerainĩ …

2

Gũthaithanĩra Rũrĩmĩ Rũhũthe

Thaai thathaiyai Ngai thaai, na nĩ we Mũgai!
Thaai thathaiyai Ngai thaai, na nĩ we Mũgai!

Kũngĩ Abirika mamwĩtaga Mulungu na nĩ we Mũgai.
Kũngĩ Kalunga kana Mukuru kana Muungu na nĩ we Mũgai.
Amazulu mamwĩtaga Unkulunkulu na nĩ we Mũgai.
Angĩ Nyasai, Jok, Olodumare, Chukwu kana Engai na nĩwe Mũgai.
Ayahudi mamwĩtaga Yahwe kana Jehova na nĩ we Mũgai.

Ngai etĩkaga marĩtwa maingĩ ma kuuga nĩ we Mũgai.
Mithiri[1] ya tene maamwĩtaga Ngai atatũ thĩinĩ wa ũmwe:
Wariũki[2]

1 Egipto
2 Osiris, Isis y Horus

Wathũmbĩ
Wahũngũ

Ũtatũ ũtatũkaga kũingĩ:
Ithe
Nyina
Mwana
Ũtatũ wa ũciari.

Gũciarwo
Gũtũũra
Gũkua
Ũtatũ wa Muoyo.

Arĩa maathire tene
Arĩa marĩ ho
Arĩa magaciarwo
Ũtatũ wa Mũndũ.

Rũciinĩ
Mĩaraho

Hwaĩinĩ
Ũtatũ wa mũthenya.

Ira
Ũmũthĩ
Rũciũ
Ũtatũ wa Mahinda.

Ihinda rĩũkaga rĩhĩtũkĩte o ta rũũĩ:
Rĩa ira rĩgatuĩka rĩa ũmũthĩ,
Rĩa ũmũthĩ rĩgatuĩka rĩa ira na rĩa rũciũ

Rĩu nĩ rĩu na ti rĩu tondũ ihinda rĩtirũgamaga.
Ira nĩ ira na ti ira tondũ ihinda rĩtinarũgama.
Rũciũ nĩ rũciũ na ti rũciũ tondũ ihinda rĩtikarũgama

Ihu rĩa mũthenya rĩkuĩte ira ũmũthĩ na rũciũ
Tondũ mũthenya ũkinyaga ũgĩtuĩkaga ira na rũciũ
Mũtonyano wa mahinda ũgaciara tene mũhĩtuku na tene ũroka

Tene na tene wa tene, na

Tene na tene nĩ tene ũmwe,
Gĩthiũrũrĩ kĩa muoyo

Ngai nĩ muoyo.
Ngai nĩ ũmwe.
Muoyo nĩ ũmwe.

Ĩmwe nĩ yo kĩambĩrĩria kĩa mũmbĩre wothe,
Nĩ yo andũ a Mithiri matũire mamĩcaragia,
Na Mangiriki na Ayahudi na ndini ciothe,

Ĩrĩa ĩnyitithainie Thĩ ya tĩĩri na ya maaĩ
Na mũtambũrũko wa ĩgũrũ ũrĩa tuonaga
Na mĩtambũrũko ĩngĩ mĩingĩ tũtonaga na maitho

Mĩtambũrũko ĩyo nĩ yo gĩikaro kĩa mariũa na mĩeri na njata
Iria tuonaga na ingĩ nyingĩ tũtonaga!
Mĩciĩ mĩingĩ ya njata iria igemagia ũtukũ na gũtuonia njĩra

Ĩmwe nĩ yo kĩambĩrĩria kĩa ũingĩ wothe,
Rũgendo rũraya atĩa rwambagia na ikinya rĩmwe.
Ndũkanaire itata rĩa mbura.

Ngai nĩ maaĩ
Ngai nĩ tĩĩri
Ngai nĩ rĩera
Ngai nĩ riũa

Ngai nĩ ndũ ĩrĩa
Ĩ mũ-ndũ-inĩ
Ĩ kĩ-ndũ-inĩ
Ĩ ha-ndũ-inĩ
Ĩ ũ-ndũ-inĩ
Ndũ ĩrĩa ĩ ũ-ndũ-inĩ wothe
To-ndũ ĩyo ĩ kũ-ndũ guothe.

Gĩkũyũinĩ ĩtagwo Mũrungu na nĩ yo Mũgai,
Gĩkũyũinĩ ĩtagwo mwene nyaga na nĩ yo Mũgai,
Ngai ĩtĩkaga marĩtwa maingĩ na nĩ yo Mũgai.

Tũinage ũũ:

Ngai nĩ we nduma na ũtheri
Nĩ we kĩrĩa kĩrĩ ho na kĩrĩa gĩtarĩ ho
Nĩ we njata na mweri na riũa
Na itheri iria irĩ gatagatĩĩnĩ

Ngai nĩ we tene wa tene
Ngai nĩ we tene na tene
Tene ũrĩa warĩ kuo mbere ya tene
Na ũrĩa ũgoka thutha wa tene
Nĩ we Kũraya
Nĩ we Gũkuhĩ
Nĩ we haha na haarĩa na harĩa hangĩ
Ngai nĩ mũgai no ndagaĩkaga
Tondũ nĩ we mũgai ciothe
Nĩ we wĩgayaga akagayanĩra
Akahe tĩĩri na maaĩ na rũhuho
Akahe mĩtĩ na nyamũ na nyoni na ciũngũyũ
Tondũ nĩ we kĩambĩrĩria gĩa ciambĩrĩria
Ningĩ nĩ we mũthia wa mĩthia
Na mũthia wake noguo kĩambĩrĩria gĩake
Thĩ na thĩ ya thĩ nĩ thĩ yake na nĩ we cio
Igũrũ na igũrũ rĩa Igũrũ nĩ Igũrũ rĩake na nĩ we mo
Ngai nĩ we handũ hothe hĩndĩ ciothe mahinda mothe

Thathaiyai Ngai thaai nĩ we mũgai!
Thathaiyai Ngai thaai nĩ we mũgai!

Kũgayana nĩ rĩathani rĩa Ngai mũgai.

Gũteithania nĩ rĩathani rĩa Ngai mũteithania
Kũhotithania nĩ rĩathani rĩa Mũmbũre wothe.

O na ciĩga cia mwĩrĩ gũtirĩ kĩiganĩtie,
Irutithanagia wĩra nĩ kũiguithania, igĩteithania igateithĩka.
Gũtirĩ wĩyenjaga igoti, o na kwĩyona ng'ong'o nĩ hinya

Thathaiyai Ngai thaai nĩ we mũgai na e guothe.
Thathaiyai Ngai thaai tondũ e thĩinĩ witũ ithuothe!

3

Kenda Mũiyũru

Nyongerera hinya hote kũgana rũrũ rwa Gĩkũyũ na Mũmbi,
Na no ruo rwa airĩtu ao kenda mũiyũru njuge ũrĩa ũthaka wao,
Wa mwĩrĩ, ngoro na kĩongo watambire ng'ongo cia thĩ,
Nginya anake amwe makoyanĩra hiũ na njũgũma,
Magĩkararanĩria ũthaka matarĩ maraũikia ritho,

Makahorerio nĩ arĩa manaruona makerwo
Igaai hiũ thĩ, athaka megũtũũra maciaragwo.
Kĩhooto kĩa ngoro nĩ kĩhoti gũkĩra kĩhootani kĩa rũhiũ.
Mũndũ nĩ ethaithanĩre na ciĩko no ti cia njũgũma.
Kenda ũcio nĩguo waciarire mĩhĩrĩga kenda!

Ngwambĩrĩria na marĩtwa mao rĩmwe kwa rĩmwe:
Wanjirũ, Wambũi, Wanjikũ, Wangũi, Waithĩra,
Waceera, Nyambura, Wairimũ, Wangarĩ, na

Wamũyũ wakũiyũria ĩtuĩke kenda mũiyũru
O mũhĩrĩga na kĩruka kĩaruo o ta ũrĩa kwĩragwo!

Wanjirũ Nyina wa Anjirũ
Nĩ we mũkũrũ wa kenda mũiyũru,
Mũhĩrĩga wake ũgũthũkaga Abonjirũ ĩ
Kwĩragwo athemengire hiti,
Kũruma ũkoroku wa ngoro cia hiti.
Ũthiũ wake ũkengaga riri mwega.
Ndarĩ njiriri akĩrira wega na thayũ,
Oigaga abo njirũ itũ nĩ tweherie mbũragano.
Agendi mamuma na thome kana na nyunjurĩ,
Oigaga ng'aragu ndĩhoyagwo ũhoro, ici irio.
Nĩ kĩrorerwa anake mahatĩkanaga mamumĩte thutha.

Wambũi Nyina wa Ambũi
Atĩ Mũmbũi eragwo endirie kahĩĩ njahĩ nĩ ng'aragu?
Aca agatũmire kagĩrĩre andũ irio hĩndĩ ya ng'aragu,
Gagĩcoka na kĩondo kĩiyũru njahĩ mahũna makĩĩrana,
Kahĩĩ kĩondo ng'ong'o mũkwa kĩongo ta kairĩtu na nĩ twahũna!
Kaĩ nĩ ma kahĩĩ na kairĩtu gũtirĩ ũtangĩhonokia bũrũri ĩ!
Ombaga kĩondo agĩtaraga njata amenye mĩthiĩre ya thĩ yothe.
Nĩ mwara atongoririe mbũtũ e ng'ong'oinĩ wa Wambũi mũrĩndũ,

Thũ yona nyamĩcore ĩkĩhenia werũinĩ no matimũ na hiũ thĩ gwĩthara.
We nĩ kĩrorerwa agerereire handũ anake moinĩkaga ngingo nĩ kwĩhũgũra;
Mũhĩrĩga wake ũgũthũkaga Abombũi itũ.

Wanjikũ Nyina wa Agacikũ
Mũhĩrĩga wake ũgũthũkaga Abonjikũ itũ ĩ!
We nĩ wa mũgũnda, oigaga wĩra ndũrĩyanaga.
Eragwo ndoĩ ithĩa, kĩrĩa oĩ nĩ gũthĩa mwere bũrũri ũkahũna.
Nĩ njamba agitagĩra rũrĩrĩ ogiti makoiga nĩ we mũgiti.
Akumĩtie wĩyathi na kwĩĩkĩra maũndũ mũno
Arĩa marĩ ũiru makamwĩta mwĩikaria.
Athũire mĩthaiga ya ciugo cia maheni;
We nĩ njorua ya mĩtĩ ya kũgitĩra arwaru.
Ũgo wake nĩ wa kũhonia na kũhoreria.
Nĩ kĩrorewa atĩ gũtirĩ ũhotaga kweheria ritho harĩ we.

Wangũi Nyina wa Athiegeni
Mũhĩrĩga wake ũgũthũkaga Abongũi itũ ĩ!
Kwĩragwo Wangũi oimire nda ya nyina akũĩte rwĩmbo;
O na e ngoiinĩ no arũinaga ta arĩ we ũrathuthĩra mũmũkui;
Nĩ kĩo angĩ mamwĩtaga Wangoi.
Kwĩragwo he rĩmwe ainire e nja kwao,
Nyoni igĩcuka mĩtĩinĩ harĩa arainĩra.

Mũgambo wake nĩ watũmire mararũa maige hiũ thĩ maũthikĩrĩrie!
Rwĩmbo rũgĩthira ũguo, haro nĩ yariganĩire!
Nĩ kĩrorerwa kwĩragwo atĩ ngingo cianang'arĩka ikĩambarara kũmuona wega,
Nĩ kĩo amwe mamwĩtaga Wangũi mũtinia ngingo!

Waithĩra Nyina wa Aithĩrandũ
O na Wangeci nĩ rĩake
Mũhĩrĩga wake ũgũthũkaga Abongeci.
Aatheririe gĩthaka mũro ũkĩgĩa mageca nĩ kĩo etirwo Wangeci
Waithĩra ndarĩ itherũ we nĩ gũtheria na gũithĩria wĩra ũgathira.
Waithĩra ti wa kũgĩrania ici na icio,
Ambaga kũhinyia hamwe atanarũga hangĩ.
Endaga gũthiria mathĩna ti kũmathikĩrĩra.
Ndarĩ wa nda na wa mũgongo.
Waithĩra athikagĩrĩria agaithĩria ũhoro atanatua.
Nĩ kĩrorewa anake mamuona merwarithagia
Getha amahutie na guoko atĩ mahone.

Wacera Nyina wa Acera
Atĩ mũceera ndaceeraga na ũngĩ?
Ĩĩni ũngĩ ũrĩa ũtarĩ njĩra kana kĩharĩro!
Na atĩ aikagia irigũ riitho, irigũ rĩgakahũka mũkahũ?
Ĩĩni irigũ rĩrĩa icuhu nĩ gũciara nĩ kũrĩrĩmĩra wega!

Njeri nĩ mwenjeri kĩhoto kĩoneke mĩri wega.
Njiarwa irenda kũgera njĩra gatagatĩ imũinagĩra:
Njĩrĩra njĩra njariĩ njega njarie kĩhoto ndĩhote hootane.
Ceerera nyakairũ na kĩnandũ kĩa irathimo.
Nĩ kĩrorewa anake mainamĩrĩire wĩra mamuona no kũinamũka.
Mũhĩrĩga wake ũgũthũkaga: Abonjeri itũ ĩ!

Mwĩthaga Nyina wa Ethaga
Etirwo Mwĩthaga nĩ mathaga mwĩrĩ.
No mũhĩrĩga wake ũgũthũkaga Abombura itũ ĩ!
Ongereirwo rĩa Nyambura nĩ kũhuha mbura ĩkoira
Kwĩragwo Mwĩthaga atongaga ũtukũ
No nĩ kũrara akĩgariũrania cia rũciũ na oke.
Acurũragia hũngũ ĩ rĩerainĩ ndĩkarĩe njui;
Na kũingata mbwe na hiti itikaiye irio na mahiũ.
Nĩ kĩo eragwo atĩ ritho rĩake rĩ hinya mũno; amwe makoiga nĩ mĩthaiga.
Rũrĩmĩ rwake rũrĩmagĩra gĩtũmi na kĩhooto.
Nĩ kĩrorerwa kwĩragwo o na nyoni nĩ ihuhaga mĩrũri akĩhĩtũka.

Wairimũ Nyina wa Agathigia
Wairimũ, na nowe mũgathigia, mũhĩrĩga wake ugaga aboirimũ!
Nĩ mũrĩmĩri mĩmera na mĩrĩyo ngwacĩ gwĩkĩra.
Nĩ mũmbi nyũngũ ta nyina nowe akongerera mĩcore.

Nĩ mũturi ta ithe nowe akongerera magemio.
Omba mĩhianano ya indo kana nyamũ
Andũ makoiga nĩ ciĩruru ciene arataha makamwĩtigĩra.
Anyuaga ekamĩire; akarĩa erĩmĩire; akehumba etumĩire.
Wairimũ nĩ mũregi ũrimũ! Na gwakinya nyuguto ya itimũ e ho.
Nĩ kĩrorerwa atĩ acemania na anake magarũrũkaga magathiĩ na kũrĩa arathiĩ
Andũ makoiga nĩ ũndũ wa mĩhianano na ciĩruru iria acoraga na kũmba.

Wangarĩ Nyina wa Angarĩ
Mũhĩrĩga wake ũgũthũkaga Abongarĩ itũ ĩ!
Wangarĩ e ũrũme ta wa ngarĩ na maitho ũtheri no taguo.
E mĩtũkĩ ta ya Ngarĩ akĩrangĩra ũtarĩ akĩrangwo nĩ arĩa marĩ!
Nĩ mwara atĩririe wĩra andũ mambe mahũũne ndũma;
Maũrokera makĩũruta na hinya na kĩyo na wendo.
Aikĩirie ngarĩ gĩcinga yona thandĩ rĩerainĩ ĩkĩũra mbũri ikĩhonoka.
Oigaga ngarari cia kũnoora meciria nĩ inooro rĩa muoyo;
No ngarari cia kũnoora hiũ nĩ inooro rĩa gĩkuũ!
Nĩ kĩrorerwa atĩ kwĩ mwanake watũire ahumbĩire guoko
Harĩa ageithirio nĩ Wangarĩ atĩ ũrugarĩ ũcio ndũkanyuo nĩ riũa.

Warigia Nyina wa Aicakamũyũ
Rĩa Wamũyũ, o ta rĩa ithe Gĩkũyũ, rĩoimire mũkũyũinĩ,
No rĩngĩ nĩ etĩkaga Wanjũgũ tondũ wa gũthakĩra njũgũinĩ,

O na Warigia no rĩake atĩ nĩ kũrigia gwa ithe na nyina,
Kaingĩ we ndagwetagwo kenda ĩkĩgetwo,
Tondũ atĩ wa kũheerwo mwana gwa ithe, amwe makoiga.
Aca ũcio nĩ mĩthaiga, angĩ makoiga, atĩ tondũ aaratha ndahĩtagia!
Mwana watũire agiritaga thĩ rĩ, magũrũ acoka kũmaruta kũ? Wathi ũcio akaũruta kũ?
Kwĩragwo magego make matherete ta iria mamũrĩkaga nduma ũtukũ;
Atheka nyamũ igatheka!
Abo! Icakamũyũ! Kenda ũgatuĩka kenda mũiyũru.

4

Nyaga na Rũhuho

Othe kenda maaciarĩirwo mũhuro wa Kĩrĩ Nyaga,
Nyaga kenda ikĩũmbũka gathũrũmũndũinĩ,
Ihaicĩte ng'ong'o wa huho kenda ta mbarathi,
Irorete mĩena ĩnana ya rũhuho na wa gatagatĩ kũhingia kenda
Ihuhage macoro kenda kwanĩrĩra cia ũthaka ũrĩa

Watũmire tĩĩri mũnoru wĩtwo gĩthaka!
Ngumo ya ũthaka wao ũgĩkinya Ithiobia na Mithiri na kũngĩ,
Anake makĩaga toro nĩ kũrota cia ũthaka ũyũ,
O mwanake akeiya akinyĩre ciĩruru cia kĩrotoinĩ gĩake,
O mwanake agatwarana na rũũĩ rũrĩa akorerera:

Amwe nĩ Nairo ya maaĩ merũ[3] ĩrĩa yumĩte iria inene rĩa Nyanza,

3 Nilo Blanco

Angĩ Nairo ya maaĩ ma bururu[4] ĩrĩa yumĩte iria rĩa Tana,
Angĩ rũũĩ rwa Nijea[5] rũrĩa rwĩragwo rumĩte Nairo rũgereire rungu wa thĩ.
Angĩ nĩ acio rwa Thinego[6]; rwa Kongo; Bangi[7]; Gathai[8].
Gĩkundi kĩngĩ gĩkĩgera rwa Macungwa[9] Limpopo na Zambesi,

Harĩa rũũĩ rwathirĩra makoya magũrũ mĩtitũinĩ na irĩmainĩ, nao
Airĩtu a Mithiri na angĩ makamoima thutha,
Maregete gwĩtĩkia atĩ kĩrĩma no gĩciare nyarari ĩkĩrĩte ya rũũĩ,
Mwarĩ wa kĩrĩma akĩrie mwarĩ wa maaĩ ũthaka atĩa?
Maaĩ na tĩĩri rĩ nĩ kĩrĩkũ kĩhumo kĩa muoyo?

Maaĩ
Tĩĩri
Rĩera
Riũa

---

4 Nilo Azul
5 Níger
6 Senegal
7 Bangui
8 Kasai
9 Orange

Rĩũmba rĩa muoyo nĩ rĩrĩkũ?
Riũa rĩaragia mwaki na ũtheri,
Rĩkagayania ũtukũ na mũthenya,
Rĩkahiũhia mĩhũmũ ya mĩtĩ ĩgatuĩka mĩrukĩ,
Mĩrukĩ ĩkambata igũrũ ĩgatuĩka matu mairũ na mo

Matu magacuha;
Mbura ĩgaitĩka.
Tĩĩri ũkanyua maaĩ wega
Mĩmera ĩkamera mĩri
Ĩkoimia mathangũ na mahũa
Makeyanĩka na mangĩ riũainĩ,
Ũguo o ũguo mũthiũrũrũko wa muoyo.

Maaĩ
Tĩĩri
Rĩera
Riũa

Gũtirĩ wa maaĩ, wa tĩĩri, wa rĩera kana wa riũa.
Ciothe ciĩ hamwe nĩ cio ituĩkaga rĩũmba rĩa muoyo.
Muoyo nĩ ũmwe.

Mũndũ, nyamũ, nyoni, tũgunyũ, ciũngũyũ
O kĩũmbe gĩgataha gĩkombe kĩa muoyo.

Gũtuĩkaga aingĩ nĩ arĩa moorĩire njĩrainĩ,
Harĩa rũgendo rwaremera mwanake akahanda itimũ,
Akorererwo ho nĩ mwarĩ wa Maaĩ,
Akoona ta arĩ kĩroto gĩake kĩahinga,
Magaaka mũciĩ kwambĩrĩria kĩroto kĩngĩ.

Wethi ũthaka na muoyo mwerũ nĩ imwe cia iroto
Iria ciaciarĩire Abirika ndũrĩrĩ, mĩhĩrĩga na matũũra mĩthemba mĩingĩ.
Mĩrongo kenda na kenda tu nĩo maakinyire Kĩrĩ Nyaga,
Ta aya maarĩ na kĩrĩko kĩa harĩa megũtũngana, kana
Ta aya marathingatwo nĩ hinya matoĩ ũmaroretie Mũkũrũweinĩ.

Na o rĩmwe mũguĩ ũgĩtheca thĩ magũrũinĩ ma arĩa matongoirie,
Makĩamba gũtĩmĩra o mwanake arũmĩtie matharaita make
Atĩ megite ũgwati matarona mũũgwatia kana mwena ũrĩa ũroima
Mĩguĩ ĩkamoirĩra mĩena yothe ta mbura ya njahĩ
Ĩgũage magũrũinĩ mao ĩkamatigia o hanini gũtheca ciara!

Marora mwena, thutha na mbere matirona arathani.
Nĩ rĩo maiguire mũgambo ũkĩmatha maige matimũ,

Na matharaita mothe mũndũ agwete gĩtinainĩ kĩa mũkũrũwe.
Magĩgĩathĩka makĩinamĩrĩra kũiga matimũ hiũ na ndotono ciao thĩ.
Mainamũka nĩ rĩo monire mũthuri na mũtumia marũngiĩ mbere yao:

Mũthuri arĩ na gĩthii kĩa nguyo kĩgwĩrĩire nguo cia thĩinĩ,
Icũhĩ iracuha matũ, na guokoinĩ agwete mũtathi,
Nake mũtumia mĩrĩnga ya rũthuku ngingo na moko,
Mũthuru wa thĩrĩga na nguo ya igũrũ na hang'i matũinĩ,
Guokoinĩ agwete rũhiũ na kabũthũ gaceke ngingo ndaihu,

Maitho mao erĩ marorete kũraihu ta matarona aya mamoimĩrĩra,
No mũrũgamĩre wao wonekaga wĩ wa thayũ.
O mwanake akeyũria kweri mũthuri na mũtumia ũyũ
Nĩo matũthiũrũrũkĩria mĩguĩ ĩroima mĩtĩ igũrũ?
Mwarehwo nĩ thayũ kana nĩ mbaara? Mũthuri akĩũria.

Matanacokia ũndũ, makĩona mũiritu oimĩra mbere yao.
Mũirĩtu ũyũ arĩ na nguo cia njũwa tũrũhang'i matũ,
Na mĩgathĩ ya ciũma na rũthuku ngingo na moko,
Na kĩrangi kĩa mĩguĩ ng'ong'o, ũta na mũguĩ mokoinĩ
Na maitho marakenga ũtheri ũtaramenyeka waguo, kana

Nĩ ũtheri wa mĩtheko kana nĩ wa kũnunga mbara?
Kamũira mamake na mamakũke makĩona ũngĩ na ũngĩ,
Thutha na mĩena yothe meyohete ta ũcio ũngĩ, njamba cia ita.
Anake methamba maitho na ũthaka ũyũ wamathiũrũkĩria,
Makĩmenya nĩ makinya!

Guoya ũkĩmathira,
Mĩnoga ĩkĩĩnogora,
Hũũta ũkamahũũtũka,
Nyota ũkĩmanyotoka,
Makona ta mathiũrũkĩirio nĩ kĩroto, na

O hau hau makĩambĩrĩria kũrota iroto ingĩ,
No rĩu matiamenyaga kana mararota cia biũ
Tondũ handũ ha kwamba kwĩmenyithania
Kana kuga ciathiire ciaikũrũkire kana atĩa
O mwanake erekanagia kĩruruinĩ kĩa mũtĩ akang'orota.

5

Iruga Ndĩa na Rwĩmbo

Toro ndũhoyagwo ũhoro Gĩkũyũ akiuga
Acoketie maitho na thutha kwĩ ng'endoinĩ ciao na Mũmbi,
Akona ta arona wanake wake wĩyanĩkĩte wanakeinĩ wa anake acio.
Nĩ ng'aragu ĩtahoyagwo ũhoro, Njeri agĩcokeria ithe.
Nao Mũmbi na airĩtu ake kenda magĩtĩkania na ũguo.

Airĩtu o acio rĩu makĩrora na ya mũtitũ kũguĩma,
Kũrehe nyama cia kũrugĩra ageni mĩrongo kenda na kenda,
Mũthenya ũngĩ magatindĩra imatha mĩgũndainĩ
O cia kũrugĩra aya mĩrongo kenda na kenda
Nao arugĩrwo gũtirĩ ũreigua nĩ toro na kũng'orota.

Thutha wa thikũ kenda nĩ rĩo mookĩrire ũmwe kwa ũmwe.
Gĩkũyũ akĩmonia harĩa mekũgomana akĩmarĩria wega.
Mũki nĩ we ũkaga na ũhoro, no tugire toro ndũhoyagwo ũhoro,

O na ng'aragu ndĩhoyagwo ũhoro, nĩ mũkuonio ha gwĩthambĩra,
Mũcoke mũgagũrwo, tweherie hũta na nyota kĩongo kĩhote gũthamaka wega.

Airĩtu kenda magĩtongoria mũtongoro kĩanda, makĩinagĩra rũũĩ
Thĩrĩrĩka na ndũgathĩrĩrĩkie; ngwenda ũtherie ti ũthererie,
Makĩrĩkia kũina ũguo no mĩthuru thĩ, magatigwo na mĩengũ,
Mĩgathĩ ngingo ĩkagwĩra gĩthũri, gatagatĩinĩ ka nyondo nũngarũ ta kĩ,
Waithĩra nĩ we wambire kũrũga harĩa ndururumo yaitagĩrĩra,

Acio angĩ makĩmũrũmĩrĩra erĩ atatũ othe kenda, nao
Anake mĩrongo kenda na kenda mona ũguo,
Makĩaũra ciao makĩrũga maaĩinĩ mategwĩtigĩra.
Marĩkia gwĩkonyora wega othe magĩcoka mũciĩ,
Kũrĩa maakorire mathiũrũrũkĩirio nĩ iruga inene rĩa

Nyama, ngwacĩ, ikwa, ndũma, njahĩ, mũhĩa, mwere, ũcũrũ na njohi ya mĩtĩ.
Mwĩthaga akĩhuha mbura ĩmahe kahinda ga gũkenia ageni,
Mbura na rũhuho ikĩmũigua ikĩrekera riũa rĩthamake.
Nao othe makĩambĩrĩria kũrĩa na kũnyua,
Ngiria na nyoni imainagĩre nyĩmbo cia mũtitũ na rĩera.

Na rĩrĩ mararĩa na kũnyua, ethĩ aya no maraikania ritho.
Wangũi agĩkũya rwĩmbo rwa kwamũkĩra ageni.

Akĩrĩkia ũguo nyoni nĩ ciombũkĩte mĩtĩinĩ,
Ikomba kũu nja itukanage na andũ itarĩ na guoya.
O na gũtuĩkaga atĩ nyamũ cia gĩthaka nĩ ciategire matũ!

Rĩu Gĩkũyũ akĩrũgama akĩaria:
Njugire atĩa? Mũki nĩ we ũkaga na ũhoro.
Nĩ mwarĩa na iria mwatigia no imwetereire,
Rĩu rĩ, nĩ magegania marĩkũ mwatũtegera?
Andũ a na kũu mumĩte mainaga irĩkũ?

Hau ningĩ anake makĩyumĩria,
O mwanake na ndũgo ya kũrĩa oimĩte,
Kana rwĩmbo aramenyeire rũgendoinĩ.
Nao arĩa angĩ nĩ ndarama cia gwĩthondekera o hau,
Arĩa angĩ mĩtũrirũ ya mĩrangi kana hĩ na mĩrũri na ihũũni

O mwanake okaga na ndũgo cia magegania:
Amwe kũrũga rĩerainĩ kwĩgonya na kwĩgonyora,
Ta aya matarĩ na ihĩndĩ mwĩrĩ,
O mwanake kwenda kwĩyonania ta arĩ we wiki kĩenyũ kĩa Ngai.
Nao airĩtu mona ũguo no kugĩrĩria na hĩ na ngemi!

Hwaĩinĩ airĩtu magakia mwaki wa ndungu,
Ũtheri wa mwaki ũgatukana na wa njata na mweri
Makoerera ng'ano cia kũrĩa o mũmdũ arokĩire
Airĩtu aya no gwathamia kanua maigua cia magegania maya!
Kiumia na kĩngĩ igĩthira; mũthenya ndĩa na ndũgo, ũtukũ ng'ano.

Kĩhwainĩ kĩmwe Gĩkũyũ akĩarĩria kĩrĩndĩ akiuga:
Tondũ rĩu nĩ mwahurũka mwarĩa mwanyua na mwaina rĩ,
Nĩ kĩĩ biũ kĩamũrehe gũkũ mumĩte mĩena yothe ya rũhuho?
Kana mũrarũgirio rĩerainĩ ta mahuti mũroka mũrereire igũrũ
Rũhuho rwaga hinya rũramũita gũkũ gwitũ nja?

Ũmwe kwa ũmwe makĩaria no rwĩmbo rwarĩ o rũmwe:
Atĩ nĩ ngumo ya ũthaka wa kenda yamahuruta na gũkũ!
Atĩ ngumo ya erorerwa aya yamakinyĩire o kũrĩa maatũũraga,
Nginya mũndũ e wiki ũtukũ onage ciĩruru ciao ikĩmũthakathakia,
Na gwakĩa kĩroto kĩrĩ o ho, na ciĩruru ici irĩ o ho,

Na mũndũ athiĩ gũcinyita nĩ imonyokire ta arĩ kũmũthirĩkia,
Kana kũmũcumĩkia ũirũ ũyũ mũhoro mũnyoroku ta kĩ,
Na ũthaka wa maitho marakenga ũtheri ta njata.
Gũtirĩ weraga ũngĩ akiumagara, monanagĩra njĩrainĩ,
O mwanake agereire yake e wiki kana marĩ gakundi,

Rũgendoinĩ rwa gũthiĩ kũrĩa mooroteirwo nĩ iroto ciao.
No maakinya, thutha wa magerio na mĩhĩngĩca mĩingĩ,
Nĩ maronire atĩ o na iroto icio nĩ ciamahenagia,
Tondũ rĩ maitho mao nĩ mareyoneire atĩ
Ũrirũ wa ũirũ wao mũruru ũkĩrĩte ũthaka wa ciĩruru manona irotoinĩ.

Kwoguo mũrokĩte kũhũnia maitho, Mũmbi akĩũria.
Mwainũka mũganagĩre arĩa mwatigire ng'ano cia ũthaka?
Aca, ti ng'ano twaiyĩra, amwe makiuga, muoroto nĩ ũmwe:
O mũndũ atahe ngoro ya ũmwe wa aya kenda,
Ainũke nake kwao mahĩrĩge mũhĩrĩga mwerũ.

O rĩmwe makĩigua mĩtheko ndumainĩ othe makĩrora nakuo
Tondũ anake aya matiaiguĩte mĩtheko ĩgũtherũka gĩkeno ta ĩyo
Makĩona magego na maitho marakenga ũtheri.
Rĩrĩa mwene mĩtheko ĩyo amũrĩkirwo nĩ ũtheri wa mwaki
Makĩamba kũmaka nĩ kuona mũirĩtu mũgima agĩkirita.

Gĩkĩ nĩ kĩhinga nda gĩakwa, Mũmbi akiuga, kĩrĩa kĩiyũragia kenda.
Warigia aroigire ambe amwĩrorere arĩ o nyũmbainĩ tondũ
Maitho make monaga kũraya na matũ kũigua i kũraya
Magũrũ make nomo maaregire kuma wanainĩ no
Mwĩrĩ ũyũ ũngĩ wothe nĩ mũgima na endaga kwĩĩkĩra maũndũ.

Nĩ mwakĩyonera othe, nake Gĩkũyũ akiuga,
Kenda mũtheri nĩ watuĩka kenda mũiyũru,
No inyuĩ nĩ mĩrongo kenda na kenda.
Nĩ ndute makũmi kenda mangĩ kũ?
Kana nĩ mũirĩtu ethuurĩre kenda wake?

6

Gĩkũyũ na Mũmbi

Mwanake ũmwe akĩrũga na igũrũ,
O na ndahotaga kwaria nĩ kũrarama ũrũme.
Gũtirĩ haha ũtarĩ rũhiũ na njũgũma yake, akiuga,
Reke tũrũe mbara ya arũme kwa arũme,
Matigari kenda marigie na airĩtu kenda!

Na akĩrĩkia ũguo nĩ acomorete rwake,
Na akanjia gũtũha kũu ta ndegwa ndũi,
Agĩthamaraga ta kũndũ ũrũme ũramũrũma harũrũ. Nao
Acio angĩ magĩcomora ciao makĩambĩrĩria gũthamara,
Hiũ mĩrongo kenda na kenda ihenagie ta rũheni ũtukũ,

Andũ mekũrigainie wega, gwĩthamba na kũrĩanĩra hamwe,
Rĩu mahanage ta nyamũ cia mũtitũ irutanĩire ndwara na mĩthangiri,
O mũndũ akiugaga atĩ kũrĩa we oimĩte nĩ kuo kwega,

Atĩ rũũrĩrĩ rwake nĩ ruo rwamũre nĩ Ngai,
Kana Ngai ya kũrĩa we oimĩte nĩ yo Ngai ya ma!

Nĩ ũrimũ ũrĩkũ ũyũ warũma arũme aya? Wairimũ akiuga,
Mwaũruta kũrĩa guothe mumire mwatũrehera?
Atĩ mbara ya inyuĩ kwa inyuĩ? Kaĩ mũtarĩ mbuguĩro?
Mbũragano ya andũ kwa andũ nĩ ndũĩ?
Mũrehirwo gũkũ nĩ kũhaara wendo kana nĩ kũharwo nĩ haaro?

Arĩ a nyina makĩmugĩra ngemi.
Wangũi agĩkũya rwa thayũ,
Othe makĩamũkĩria
Ngoro ikĩhorera,
Anake magĩcokia hiũ njora.

Mũmbi akiuga
Njĩtagwo mũmbi ta
Mũmbi nyũngũ
Mũmbi mũmbo
Mũmbi mũmbĩre
Mũmbi ciũmbe

Gĩkũyũ akiuga
Mũmbi wanyũmbire
Mũmbi wombire ngoroinĩ
Mũmbi mũmbani na kĩhooto
Mũmbi mumbũria Ma na Thayũ
Reke Mũmbi oimbũrie ũndũ ũngĩ.

Mũmbi akiuga
Aya ndamakuwa na nyũngũ ndainĩ yakwa,
O ũmwe mĩeri kenda,
Yothe mĩeri mĩrongo kenda!
Gwakwa gũtigũitwo thakame nĩ ũndũ wa aya kenda,
Tiga hihi ya mbũri igongona rĩa kĩrathimo!

Gĩkũyũ akiuga
Ithuothe twaciarirwo nĩ mũndũ
Tũkĩmũrigithatha ũmũndũ
Tũũkũrie na tũũnenganĩrĩrie.
No gũtikĩagaga mũharagania,
E mumi na nja kana e thĩinĩ,

Gwaka nĩ wĩra,
Harĩ mũndũ ũikĩtie maitho kabere,

No gwakũra ti wĩra,
Harĩ mũndũ ũrathiĩ arorete na thutha,
Ta mũndũ mũgima akĩĩrirĩria gũcoka wanainĩ.

Mbaara nĩ kaharagania!
Thayũ nĩ gacokanĩrĩria!
Mũrũi na mũrũi mainũkagia kĩrĩro:
Wathayũ na thayũ mainũkagia mĩtheko.
Niĩ na niĩ tumĩte kũnene tũkinyĩrĩte thayũ,

Tuoimire kuo twĩ karũndo;
Amwe kweherera mbaara,
Angĩ kweherera ing'ũki cia mĩthemba,
Angĩ kwenda kũmenya kĩrĩa kĩrĩ mbere ya kahinga.
Mũndũ, mũndũ etagwo macaria, mwethi, mwendi kũmenya.

Ithuothe twarorete irĩmainĩ cia mweri,
Igatũgucia o ta ũguo mũragucirio nĩ kenda,
Amwe aitũ makĩĩrĩra njĩra:
Tweyonire tũrĩ ithuiki na ũyũ wa niĩ;
Thakame njĩthĩ; ngoro gũtuuma mwĩhoko, atĩ

Hihi nĩ tũkonana nao rĩngĩ tondũ
Mũndũ wothe mũciare nĩ mũndũ, na
Ũremenya atĩ we nĩ mwana wa mũndũ na mũndũ,
Ũcio nĩ mũndũ witũ!
Mwarĩ na mũrũ wa Mũndũ.

Ũka tũgeithanie
Ũka tũnyuanĩre
Ũka tũrĩanĩre
Ũka tũteithanie
Mũndũ nĩ mũndũ nĩ ũndũ wa mũndũ ũrĩa ũngĩ!

Nĩkĩo twakũngũĩra iceera rĩanyu, tondũ nĩ
Muongerera andũ arĩa matũmaga mũndũ atuĩke mũndũ!
Na ithuĩ kũmũnyita ũgeni nĩ tuongerera ũmũndũ wanyu!
No nĩ mũrakĩonire tũrarĩ na indo cia kũgitĩra ũmũndũ witũ,
Ndũkaharaganio nĩ mũharagania wa ũmũndũ wa andũ!

Mũndũ, o ta Ngai, nĩ wa marĩtwa maingĩ, no rĩake nĩ mũndũ.
Mũndũ e guothe maũndũinĩ mothe ma thĩ na ũtũũro,
Tondũ 'ndũ' ĩrĩa ĩ mũ-ndũ-inĩ nĩ yo 'ndũ' ĩrĩa ĩ ma-ũndũ-inĩ mothe,
Marĩa mangĩarwo harĩ kĩmwe kĩa ihũba inya tu: Mũndũ Kĩndũ Handũ Ũndũ
Ndũ ĩyo ĩ maũndũinĩ mothe no yo gĩtũmi kĩa ũndũ na maũndũ ma mũndũ.

O na mwatuona ũguo, niĩ na Mũmbi tumĩte kũnene,
Tũkambatania irĩmainĩ,
Tũgaikũrũkania mĩikũrũkoinĩ,
Tũkagerera mĩkuruinĩ,
Tũgaikũrũkania na njũũĩ!

Mũmbi akiuga
Mũrĩ muona irĩma iratuthũka ũrikuinĩ wa nda ya thĩ?
Mũrĩ mwateng'erio nĩ mahiga matune ta mwaki?
Mũrĩ muona rũũĩ rwa mwaki rũgĩtuthũka irĩmainĩ?
Gĩkama gĩtune kĩnyũrũkage kahora kuma irĩmainĩ?
Mũrĩ mwaigua cia ndamathia ya maĩinĩ?

Gĩkũyũ akiuga
Rĩmwe nĩ twamĩonire yumĩrĩtie mũnua maaĩinĩ,
Ĩhithĩte mwĩrĩ ũyũ ũngĩ maaĩinĩ moimu haha nginya kũ
Ĩgathiĩ ĩtigĩte tũkũmbĩ haaha nginya mũico wa maitho,
Yahihia maaĩ makahũyũka mũhũyũ mwerũ cua!
Makagũtha thĩ ta maya maratherũka marakara!

Mũmbi akiuga
Rĩngĩ ĩkarũgia maaĩ nginya matuinĩ magatuĩka mũkũngambura!
Kaĩ atarĩ kĩo tuorĩra irĩmainĩ cia thĩ nyũmũ,

Nakuo nĩ mwakĩigua ũrirũ wa kuo,
Mahiga ma mwaki gũtuthũka,
Ũtune ũgatherera irĩmainĩ na mũkuruinĩ ta rũũĩ rwa thakame!

Gĩkũyũ akiuga
Na no kuo tũretha gĩa kũrĩa,
Tũkaguĩma nyamũ hamwe,
Rĩmwe igatũteng'eria,
Rĩngĩ tũgaciteng'eria,
Ngũmwĩra atĩa anake aya?

Rĩmwe nĩ twagũire thĩ nĩ mĩnoga, Mũmbi akiuga
Nakĩo kĩnyamũ kĩigana njogu kana kĩrĩma, kĩna
Hĩa mũgwanja magũrũ mũgwanja maitho mũgwanja
Matũ mũgwanja, maniũrũ mũgwanja na ciongo mũgwanja
Gĩgĩũka na harĩ ithuĩ gĩathamĩtie tũnua mũgwanja,

O rĩrĩ tweciria nĩ twathira, Gĩkũyũ akiuga,
Tũkĩona twahumbĩrwo nĩ kĩĩruru kĩnene, Mũmbi akiuga.
Kĩarĩ gĩa kĩnyoni kĩigana ta kĩ, Gĩkũyũ akiuga
Gĩgĩtũhuria na ndwara ĩrahĩmbĩria mwĩrĩ wothe, Mũmbi akiuga.
Gĩgĩtuoya gĩgĩtũgerereria rĩerainĩ, twathianga gĩgĩtũiga thĩ, gĩgĩthiĩra.

Macio mothe nĩ tuonete, Gĩkũyũ akiuga
Na Mũmbi ndangiuga hui!
Kana atigwo na thutha ũndũinĩ:
Kũnyuguta ihiga, mũtĩ, itimũ, kana mũguĩ, e ho,
Ndaikia agaikia, aikia ngaikia.

Ndiũĩ twakinyire kĩrĩmainĩ gĩkĩ atĩa kana
Hinya ũrĩa watũkinyirie haha tũtarĩ atihie!
Tuokire tũgwĩte toro, o ta inyuĩ.
Twakomire toro mĩeri kenda,
Ta aya ahumbĩre na ndarwa ya thayũ.

Kaĩ gwĩ kĩrathimo gĩkĩrĩte thayũ?
Tuokĩrire twĩ gĩtinainĩ kĩa mũtĩ ũũrĩa, akiuga
Hau akĩamba kuorota na ya Mũkũrũweinĩ
Na tũgĩũkĩra ũguo ũyũ nĩ athogothire,
Atĩ tũthimane hinya.

Twatindire ũguo,
Gũthukania hinya
(Akĩorota Mũkũrwe rĩngĩ)
O hau gĩtinainĩ nĩ ho twahotanĩire,
Twĩroreirwo nĩ nyagathanga ngiri!

Na inyuĩ ta guo!
Mwĩ mĩrongo kenda na kenda nao kenda mũiyũru
Aya akwa nĩ o megwĩthurĩra.
No harĩ ũndũ ũmwe tu mategwĩthurĩra:
Akwa matikumagara matũtige haha.

Mũmbi akiuga
Nĩ ngwenda gũgaathaka na tũcũcũ na tũcũkũrũ twakwa!
Andũ makũra nĩ a kũrerwo ta ũrĩa nao mareranire!
Waroragwo akarora arĩa wamũroraga.
Mwacoka na kenda witũ, nĩ tuoyage rũgendo rũngĩ kũmaceerera?
Kana nĩ muoyage rũgendo rũngĩ gũtũceerera?

Warigia akiuga
Tigaai kũmaka!
Reke aya a maitũ mathiĩ menda.
Nĩ niĩ kĩhinga nda gũkũ
Ndirĩ kũndũ ndĩrathiĩ.
Ngũtigwo na inyuĩ ndĩmũtungatage ũkũrũinĩ wanyu!

Mũmbi akiuga
Nĩ ma wee nĩ we kĩhinga nda gitũ.
Ciira no ũmwe gũtirĩ maciira merĩ, tondũ

Gũtirĩ wa nda na wa mũgongo,
O na magũrũ maku magũkararia atĩa
Ũrĩ ũmwe wa kenda mũiyũru!

Gĩkũyũ akiuga (aroretie mĩario kũrĩ ageni!)
Ngoro yakwa nĩ nene; no yamũkĩre thĩ yothe,
Ũrĩa woyana na ũmwe wa aya nĩ twatuĩka ndĩra ĩmwe.
Bũrũri nĩ andũ ti tĩĩri.Tugire atĩa?
Mũndũ nĩ mũndũ nĩ ũndũ wa andũ arĩa angĩ!
O nao andũ nĩ andũ nĩ ũndũ wa mũndũ!

Ũcio nĩ guo uge wa kiugo ngeithi: kũgeithania.
Guoko gwaku na gwakwa ikageithania!
Wa kanini wa kanene mwanake mũirĩtu mũthuuri na mũtumia,
Twake itũũra rĩerũ ũtũũro mwerũ rũciũ rwerũ rũngĩ na rũngĩ!
Ũtekũiganĩra, acokere o gacĩra karĩa okĩire.

Mwanake ũmwe akĩrũga na igũrũ akiuga:
Niĩ nyumire gwitũ gũtaha ti gũtahwo.
Njũkire kũhikia ti kũhikio.
Angĩ erĩ na atatũ na angĩ erĩ o nao taguo.
Acio anana makĩoya magũrũ makiumagara.

Gĩkũyũ akiuga
Matigari nĩ mĩrongo kenda na ũmwe!
Mĩrongo kenda na ũmwe kwenda kenda!
Aya akwa matingĩthura o ũguo.
Gũtindania nĩ kũmenyana, kwendana kana kũmenana.
Rekei tũrokanĩre mũigue itua rĩakwa.

Mũthenya ũngĩ makĩmuma thutha nginya nyũmbainĩ,
Ta kũndũ ageni aya mataracionete wega.
Ciarĩ nyũmba igĩrĩ na ikũmbĩ rĩiyũru magetha;
Kiugũ kĩa ng'ombe ikũmi na igĩrĩ, mwena ũmwe,
Na mwena ũcio ũngĩ mbũri na ng'ondu.

Ũyũ mwako nĩ moko maitũ, Gĩkũyũ akĩmera
Nao airĩtu kũgimara, makiuga atĩ meyakĩre ĩno ĩngĩ,
Magĩtonya kuo tiga Warigia waregeire kwa nyina.
Na inyuĩ ageni aya mũtigocoka gũkoma nja ta nyamũ, na
Mũtigwakĩrwo ũikaro nĩ inyuĩ mũkwĩyakĩra.

Kũũrĩa nyunjurĩ nĩ kuo mũgwaka, Mũmbi akiuga
Riũa rĩkĩratha mwambĩrĩrie mwako;
Riũa rĩgĩthũa mũrĩkie nyũmba kenda

Anake kenda nyũmba ĩmwe;
O nyũmba ĩgetanio na ũmwe wa kenda mũiyũru.

Arĩ o nyũmba thĩinĩ Warigia akĩanĩrĩra akiuga
Atĩ ndekwenda nyũmba o na ĩrĩkũ ĩtanio na rĩtwa rĩake
Ngoro yake nĩ yo nyũmba yake
Atĩ ũrĩa agetĩkĩria atonye nyũmba ĩyo yake
Ũcio nĩ we wake, na nĩ aramenya nũũ.

Wambũi nĩ amatongoririe kũmonia gwa gũtua itugĩ na mĩkĩgiĩ,
Akĩmera watho wa Gĩkũyũ na Mũmbi nĩ gũtĩya mũmbĩre,
Tondũ kũnũha mũtĩ kana nyamũ nĩ kwĩyũnũha!
Ndũkanorage nyamũ atangĩkorwo nĩ kwĩgitĩra kana nĩ ya irio;
Na mũtĩ wamunywo hakahandwo ũngĩ.

Magĩkĩgayana wĩra kũringana na ũhoti wa mũndũ,
Matekuga ũyũ nĩ wa mũirĩtu na ũyũ nĩ wa mwanake,
Gĩkundi gĩgathiĩ gũtua na gũkuwa mĩtĩ, kana ithanjĩ na rũthirũ,
Riũa rĩgĩthũa nyũmba kenda ciarĩ thinge na ikagitwo,
Nyũmba ĩkaheyo rĩtwa rĩa ũmwe wa kenda othe tiga Warigia.

Mũthenya ũngĩ Gĩkũyũ akĩmatwara gatuamba gĩthakainĩ,
Akĩmonia riko rĩ na tĩĩri mũtune, na

Kĩhuhĩri mwaki mwenainĩ wa mahiga matatũ.
Ũturi nĩ wĩra wa moko na maitho na meciria, akĩmera,
Na airĩtu akwa matirĩ ũndũ matathukagia.

Kuma hau nake Mũmbi akĩmonia kĩganda kĩa nyũngũ,
Atĩ o na ũyũ nĩ ũturi wa mũthemba ũngĩ, ũturi wa rĩũmba,
Nyũngũ cia kũrugĩra irio ciumaga haha, Mũmbi akĩmeera,
O na mĩũndũri ya gũkima ĩicũhagĩrio o haha,
O hamwe na ciuga na tuga na inya cia kũiga maaĩ na ũcũrũ.

Mũthenya ũyũ ũngĩ Gĩkũyũ akĩmarĩria o rĩngĩ.
Ndĩramwĩrire atĩa? Aya akwa nĩ o megwĩthurĩra,
He ngĩrwa cigana ũna mũkwamba kũrũga mũmenyane,
Ya gwĩthurĩra ndĩrĩ igorwe; ũkanyuĩrĩire nĩ we ũĩ karĩ rita.
Mũirĩtu e kwamba gwĩkunyĩra ikũmi matuĩke ita rĩake.

7

Magerio Magwa na Mahota

Hĩndĩ ĩno yothe gũtirĩ mũirĩtu wonanĩtie harĩa ngoro ĩrorete.
No rĩrĩa merirwo magakunyane, o mũirĩtu akunye ake ikũmi,
Othe Kenda mambire gũthiĩ harĩ ũmwe,
Hagĩgĩtuthũka ngarari gatagatĩinĩ kao,
O mũirĩtu oigage atĩ ũcio nĩ we ekuonetio nĩ ngoro.

Ngarari ciamata mũno igĩtuĩka njinũ:
Wanjirũ mũthemengani!
Njeri mwene gĩta kĩũru!
Wambũi mũthĩi mĩthaiga!
Wanjikũ ndogothi njũgiti!

Wairimũ mũka wa irimũ!
Wangarĩ mĩthaiga ya ũkarĩ!
Nyambura mũrugi ũrogi na kanua!

Waithĩra ũtaithĩragia kana gũtheria!
Wangũi mũregeri ngoinĩ; mũtinia ngingo!

Warigia nowe tu ũtaingĩrire ho,
Tondũ ritho rĩake rĩamũrĩkĩte o ũmwe tu.
Gĩkũyũ na Mũmbi mamakire mũno,
Tondũ matirĩ maigua ciana icio igĩcinũrana ũguo.
Mũmbi akĩmatwara ndundu gwake nyũmba:

Mwaruta mĩtugo ĩno kũ?
Mũgatiga njĩra ya gĩtĩyo thayũ na wendani?
Nũũ woigire ngarari cia kũnoora meciria nĩ inooro rĩa muoyo,
No ngarari cia kũnoora hiũ nĩ ngararia muoyo?
Wangarĩ, othe makiuganĩra.

Nũũ wathemengire ũkoroku wa hiti, ngoroinĩ?
Wanjirũ! Othe makiuganĩra
Nũũ ugaga itũmi njega itume kĩhooto?
Wambũi! Othe makiuganĩra
Nũũ ugaga ũgo wake nĩ wa kũhonia?
Wanjikũ! Othe makiuganĩra

Nũũ ugaga wa nda athuthĩrwo ta wa mũgongo?
Waithĩra! Othe makiuganĩra
Nũũ mwĩtaga mũregi ũrimũ?
Wairimũ! Othe makiuganĩra
Nũũ ugaga mũndũ ahore ta mbura ahorie mwaki?
Mwĩthaga! Othe makiuganĩra
Nũũ wĩ mũgambo ũhoreragia mbaara?
Wangũi! Makiuganĩra
Na nũũ ugaga tũkinyĩre njĩra gatagatĩ?
Njeri! Makiuganĩra

Ĩĩni tondũ gatagatĩ gatirĩ mwena ũyũ kana ũyũ, Mũmbi akiuga:
Kĩhooto kĩgeragĩra gatagatĩ gũthima mwena ũyũ na ũyũ.
Niĩ na thoguo tumanĩtie hanene,
Nĩ tũthukanĩtie o ũũ wega kũmenyana kĩruka.
Gũthukania na ciĩko cia gwaka ti ciugo cia gwakũra.

Ngoro njega ĩtongoragio nĩ kĩongo,
Ngoro na kĩongo na moko ikarutithania wĩra.
Mũndũ ndeyonaga igoti.
Tũgwĩka ũndũ ũyũ na njĩra ĩngĩ.
Kĩhoto kĩĩhootanĩre.

O na akorwo ti kuo inyuĩ mũrakoma,
Nyũmba iria mũrakire ciĩtanĩtio marĩtwa manyu tiga Warigia.
O mwanake e gũthiĩ gĩthakuinĩ kĩa nyũmba ĩrĩa arenda gũceera,
Na inyuĩ o mũndũ athuure ũmwe wa arĩa marĩ gĩthakuinĩ gĩake.
Ngoro yacaria, kĩongo gĩgatua! Mũtikanarũĩre arũme rĩngĩ!

Gwekirwo o ta ũrĩa Mũmbi aatuire: anake magethurĩra gĩthaku.
Harĩ ũmwe wambire kwanganga ta hatarĩ gĩthaku kĩramũkenia!
No nake akĩrĩkĩrĩria kwĩhatĩra harĩ kĩmwe gĩa icio kenda
O gĩthaku gĩkĩrigia na anake ikũmi
Tondũ Warigia nĩ aregire gwakĩrwo gĩthaku.

Kuma muoka mũrĩyaga mũkanyua, Gĩkũyũ akiuga
Mũthenya nĩ ndũgo ũtukũ ng'ano.
Mũrararaga nja nyekiinĩ rungu rwa mĩtĩ,
No rĩu mũrĩĩyaraga nyũmba thĩinĩ,
Gĩthakuinĩ kĩrĩa mũndũ ethurĩire gũceera.

Mũtitũ ũyũ ũtũthiũrũrũkĩirie nĩ guo mũgũnda witũ.
Maaĩ tũrutaga njũũĩinĩ; nguo nĩ ithuĩ twĩthondekagĩra.
Tũrĩ ũrata na mĩtĩ, nyamũ, nyoni, ciũmbe ciothe.
Twaragia na cio amu gũtirĩ gĩtarĩ mwarĩrie.
Tũkwambĩrĩria kũrora harĩa mwakinyia rwario na mũmbĩre.

Ũtukũ wakinya airĩtu makĩrwo mehithe mũtitũinĩ
Anake makamacarie hatarĩ wĩ na gĩcinga kana kĩĩ:
Gũtirĩ mwanake wonire mũirĩtu ndumainĩ ĩyo
O mwanake acokaga arĩ wiki akiugaga nĩ yatumana mũno
No makĩrĩkia othe gũkinya, airĩtu marĩ thutha wao mamacemete

Rĩu anake makĩrwo mehithe o ikũmi ihinda rĩao.
O ta hau kabere, gĩkundi kĩa Wanjirũ nĩ kĩo kĩanjirie.
Wanjirũ amarehire ũmwe kwa ũmwe makarigwo amona ndumainĩ atĩa.
Anake acio angĩ o ta guo o gĩkundi ihinda rĩakĩo na mũirĩtu ũmwe.
Airĩtu makĩmoimbuthũra o harĩa mũndũ ehithĩte.

Gĩkũyũ akiuga
Ithuĩ twamenyeire icio ng'endoinĩ citũ
Atĩ mĩtĩ, mwaki, rũhuho, mũndũ kana nyamũ,
O kĩndũ kĩrĩ mũgambĩre wakĩo, mũtungu, mũhoro, o ũguo,
O na makinya ma nyamũ na andũ nĩ marĩ mũgambĩre wamo.
Mũgambo wagũtha kĩndũ nĩ ũcokagia kayũ na kũrĩa umĩte.

Mũmbi akiuga
Indo ciothe nĩ icokagia kayũ o na karĩ kanini atĩa,
Ũngĩthikĩrĩria kayũ wega no ũmenye gacokio nĩ kĩĩ na harĩa gacokera.
Gũtũ nĩ kuo maitho ma ngoro: nĩ kuo gũthuthuranagia mĩgambo o na kayũ,

Kũmenya ũcio nĩ wa kĩĩ, ũroima nakũ na ũrorete nakũ.
Nĩ kĩo twĩraga aya: tega matũ.

Mũthenya ũngĩ nĩ macindano ma gũthondeka nguo,
Kuma kwĩ njũa iria ciatigaraga mathĩnja na kũrĩa nyama.
Kũhamba mĩtĩ kana kũrũga mũtĩ ũyũ gũthiĩ harĩ ũngĩ,
Gwakia mwaki na njĩra ya gũthegethania tũhiga kana tũmĩtĩ
Kũnyuguta matimũ, gũikia thimbũ, mahiga na nyuguto ingĩ.

Mũthenya wa mũthia warĩ wa kũratha na mĩguĩ, Gĩkũyũ akĩmera.
Othe makĩmuma thutha o mũndũ ũta na irangi ng'ong'o
Gĩkũyũ akĩmatwara handũ harĩ na mũkũyũ mũraihu na mwariĩ gĩtina.
Gatagatĩinĩ hakuhĩ na rũhonge rwa mbere harĩ na ritho rĩa mũtĩ,
Kĩrema gĩtarĩ na makoni kĩyakĩte mũhianĩre wa gĩthiũrũrĩ.

Ndĩrenda o gĩkundi kĩonie airĩtu ũrĩa kĩũĩ gũthima na kũratha,
O mwanake na wathi wake, Gĩkũyũ akiuga
Ta reke nyambe ndĩmuonie ndĩroiga atĩa!
O hau we na Mũmbi magĩcoka na thutha makinya maigana ũna.
Mũmbi akĩruta mũguĩ kĩrangiinĩ akĩhatĩra ũtaĩinĩ,

Agĩcoka akĩũgeta ahingĩte ritho rĩmwe akĩũrekia:
Mũguĩ wathire ũkĩhuhaga mĩrũri nginya kĩrithoinĩ gatagatĩ.

Nake Gĩkũyũ agĩka o ta guo; gũkĩhana ta arĩ macindano mao erĩ,
Maitho mao makengete ta macoka wĩthĩinĩ wao makiuhana.
O nao anake moona ũguo no mĩrũri ihũni na rũhĩ.

Hĩ! Wathi wakũra wongagĩrĩrwo ũngĩ, Mũmbi akiuga.
Rĩu nĩ ihinda rĩanyu anake na airĩtu mũtuonie
No mũtikũrathĩra haaha twarathĩra amu tũrĩ aniaru, Gĩkũyũ akiuga
Na agĩcokacoka makinya mangĩ na thutha.
Rĩu Wanjirũ nĩ we hamwe na mbũtũ yaku, Mũmbi akiuga.

Mbũtũ ya Wanjirũ ĩkĩambĩrĩria gũthima kũgeta na kũratha.
Othe kenda makĩhota kũingĩria mũguĩ kĩrithoinĩ.
Rĩu othe makĩroria maitho kwĩ Wanjirũ.
Nake no gũthima kũgeta na kũratha ta hatarĩ wĩra.
Mbũtũ icio ingĩ igĩka o ta gĩkundi kĩa Wanjirũ.

Ikundi ciothe, anake na airĩtu, ciarĩkia kũiganania wathi,
Gĩkũyũ agĩcokacoka na thutha makinya mangĩ.
O ũguo o ũguo ikundi gũcindana hatarĩ kĩracinda kĩngĩ.
O marĩkia agacokacokia kĩrũgamĩro makinya maigana ũna na thutha,
Nginya mũicoinĩ kĩritho kĩa mũtĩ kĩonekanage na hinya nĩ kũraihĩrĩria.

Harĩ mbũtũ ya Wanjirũ no ũmwe tu wahotire kũratha gatagatĩ.
O ta mũtugo Wanjirũ nĩ we warigirie nake
Akĩrekia mũguĩ ũkĩbĩrĩrĩka nginya ritho gatagatĩ.
Ikundi icio ingĩ o ta guo mwanake ũmwe kana erĩ makahota
No airĩtu othe gũtirĩ wahĩtagia kĩritho.

Rĩu Gĩkũyũ agĩcokacoka thutha makinya mangĩ
Othe makĩgeria no gũtirĩ rĩu wahotire kũratha kĩritho gatagatĩ
O rĩrĩ matua atĩ matigane na kũratha macindane na ũndũ ũngĩ,
Thutha wa harĩa maarĩ makĩigua mũgambo woiga: rekeei naniĩ ngerie
O rĩmwe makĩigua mũguĩ ũrahuha mĩrũri nginya kĩritho gatagatĩ.

Warigia agĩikia ũngĩ na ũngĩ yothe ĩthecage kĩritho ĩtekũhĩtia.
Anake makĩrorana nĩ kũrigwo arahota ũguo atĩa aikarĩire magũrũ.
O nao airĩtu a nyina nĩ marigirwo akinyire hau atĩa matekũmũigua.
Mwanake ũrĩa wambĩte kwaga gĩthaku akĩmũcomorera mĩguĩ,
Warigia ndoigire ũndũ no kĩrangi ng’ong’o agĩkirita na ya mũciĩ agĩthekaga.

8

Magerio ma Heho

Kwarĩ kĩrũcinĩ kĩa matu matheru Gĩkũyũ na Mũmbi marũngiĩ hamwe,
Mbũtũ kenda mbere yao, o mbũtũ ĩtongoretio nĩ mũirĩtu ũmwe
O na Warigia ũrĩa waregire cia mbũtũ arĩ ho aikarĩire magũrũ
Gĩkũyũ akĩorota na kĩara aroretie mũico wa ritho.
Nĩ mũrona kĩĩrĩa kĩrahenia kũũrĩa kũnene?
Ta mweri ũtukũ kana mahũa merũ cua?

Ĩĩrĩa ĩrahenia nĩ nyaga na kĩĩrĩa nĩ Kĩrĩ Nyaga, Mũmbi akiuga
Kĩrĩmainĩ kĩu nĩ ho twamũkĩrire kĩrathimo,
Tũkĩongereka hinya na ũmĩrĩru na mwĩhoko.
Ĩĩ tondũ twĩ hau igũrũ nĩ rĩo maitho maitũ magwĩrĩire ũthaka ũyũ
Wa bũrũri ũtagaga irio kana maaĩ kana gĩthaka.

Ngĩigua ndakuũkĩrwo o rĩmwe, Gĩkũyũ akiuga
Ta ndĩrahehererwo nĩ ũmenyo ũngĩ gũtũinĩ,
Atĩ ũthaka ũyũ nĩ witũ na njiarwa citũ,

Hamwe na ndũrĩrĩ iria ciothe tũgakorwo tũhutanĩtie nacio,
Kana iria twaciaranĩirwo!

Githĩ mũtiatuumĩrĩra mumĩte mĩena yothe ya Thĩ? Tegai matũ:
Ũrĩa ũgũkunywo nĩ aya akwa nĩ twatuĩka athoni mbarĩ ĩmwe.
Nĩ kĩo o rũcinĩ minjaminjaga maĩ matheru njũthĩrĩiirie Kĩrĩ Nyaga,
Gĩikaro kĩa Mwene Nyaga ĩĩrĩa mũrona na maya,
Ũrĩa watuonirie njĩra ya Mũkũrũweinĩ wa Gathanga.

Na tondũ rĩu mĩĩrĩ yanyu nĩ yagandũka nĩ marĩa mweka
Ngwenda mũroke rũgendo mũrorete Kĩrĩ Nyaga,
Inyuĩ na airĩtu aya mũkinye makinya twakinyire,
Mũgerere njĩra ĩrĩa niĩ na Mũmbi twagereire,
Mũnyuĩre koiga niĩ na Mũmbi twanyuĩrĩire.

Mwakinya Kĩrĩ Nyaga mũrũme ngundi ya nyaga mwĩkĩre ndigithũinĩ,
Mwaroranga nĩ mũkuona maaĩ maraganu kĩrũriĩ nyũngũ ya Ngai,
Mũinamĩrĩre mũtahe maĩ mwĩkĩre ndigithũinĩ nyaga na maĩ itukane
Ngwenda o mbũtũ ĩndehere ndigithũ ya nyaga na maaĩ,
Ya kũmũrathimĩra kĩambĩrĩria kĩa rũgendo rwa gwaka rũciũ rwanyu.

Ĩĩni mũkĩambĩrĩria mũkamenya harĩa ithuĩ twambĩrĩirie, Mũmbi akiuga
Mũkĩongerera mũkamenya mũrongerera kĩĩ na nĩ kĩĩ

Rũgendo rwa muoyo nĩ ndaya nginyia
Rũtihanyũkagwo na ti rwa mũndũ e wiki.
O kĩondoinĩ nĩ ndekĩra tũhiga twa gwakia mwaki na rĩgu ũngĩ.

Harĩ ũndũ ũngĩ ngũmũtũma naguo, Gĩkũyũ akiuga
Nĩ mũrona ũyũ, akiuga, na hau akĩamba kuorota Warigia.
Rĩrĩa ndonire magũrũ make matirakũranĩra na mwĩrĩ ũyũ ũngĩ,
Nĩ twathire mũgumoinĩ kũruta igongona na kũũria kĩhonia
Ngĩĩrwo kĩhonia gĩ kwa Mwengeca mũnene wa marimũ,

Atĩ ũcio e rũcuĩrĩ rũhonagia ciothe,
Tiga atĩ ndonagwo no eyonanirie na
Akoragwo e mũrangĩre nĩ mbũtũ ya marimũ na
Rũcuĩrĩ rũu rũkũraga rũrĩmĩinĩ rwake gatagatĩ.
Ndanamũcaria akanyua kagera tiga ciĩruru ciake.

Mũmũrũnde mũmũgucie rũrĩmĩ mũmunyũre rũcuĩrĩ!
Kĩhonia ciothe kĩrũnge magũrũ ma Warigia erũgamie.

9

Rũgendo rwa Kenda

Ĩ rĩu ngũheyana atĩa cia rũgendo rwitũ:
Atĩ nĩ tuoimire gwitũ Mũkũrũweinĩ,
Twĩna thanju na mĩguĩ na matimũ,
Twĩhotorete ũmĩrĩru na mwĩhoko,
Na ithuĩ Kenda tũcurĩtie tũtigithũ mwenainĩ
Tũrorete kĩrĩmainĩ kĩa mwĩhoko?
Thikũ imwe nĩ tũrona nyaga ĩkĩhenia,
Mũthenya ũngĩ nĩ ngunĩke nĩ matu,
Na mũtitũ gũtumana nduma ta kĩ, na
Ũtukũ nĩ nduma! Rĩngĩ mũthenya nĩ nduma!
Na njeneni gũcenena haha na haarĩa,
Ta njũrũũri cia ngoma mũtitũ!

Twambĩrĩirie na nyĩmbo na mĩtheko,
Anake amwe moigage atĩ rũrũ ti kĩndũ,
Kũringithania na ng'endo iria managera,

Makinyĩrĩte kĩrorerwa kĩa ũthaka wa Kenda,
Matongoretio nĩ ciĩruru irotoinĩ ciao,
Na wĩtĩkio atĩ rĩmwe iroto nĩ ikahinga! Makoiga atĩ
Angĩkorwo makinyirio nĩ kĩĩruru gĩ kĩroto rĩ,
Ĩ rĩu mareyonera kĩrĩa kĩrahenia kĩrĩma igũrũ?
Na kũmenya atĩ aciari aitũ maarĩ kuo na makiumĩra?

Twathiyathiya tũgĩkora rũũĩ rũtumanu ithanjĩ,
Mĩtheko ĩgĩthira, ngoro ikĩheha na ikĩrikĩra,
Tuona anake atatũ arĩa matongoretie mahurio nĩ maaĩ,
Tuonage magũrũ mao rĩerainĩ ta ma mũhũũri kĩhindiĩ,
Tũgĩcoka tũkĩona thakame yatherera maaĩinĩ,
Na ing'ang'i ciĩyanĩkĩte hũgũrũrũinĩ cia rũũĩ
Tũkĩmenya o rĩmwe acio nĩ kũmerio nĩ ing'ang'i!
Airĩtu othe nĩ twarĩrire magĩthira,
Tondũ ũmwe wa a cio nĩ mwanake ũrĩa twang'eng'anagĩra,

O na arũme amwe nĩ maamakire mũno
Amwe kũhingĩrĩria maithori na hinya
Arĩa angĩ kũgirĩka maithori makanyũrũrũka
Na angĩ kũinaina mwĩrĩ ta thaara matekuga ũndũ
Anake amwe makiuga rũu nĩ rũũri
Rwa gũkanania kũringa rũũĩ rũu,

Atĩ marũringa mekũrĩkĩrĩria ndainĩ cia ing'ang'i ingĩ,
Kana ndainĩ cia nyamũ ingĩ njũru gũkĩra ing'ang'i.
Mĩrongo ĩtatũ na kĩndũ magĩcokera o hau.

Rũgendo rwarĩ na magerio maingĩ:
Manene o na manyinyi ta
Gũthecwo nĩ mĩigua,
Kũhĩa nĩ njegeni na thabai,
Magũrũ kũimba na maniũrũ kĩmira gũitĩka!
Rĩmwe nĩ twakorire karũriĩ ka nyeki,
Wakinya ikinya hakahomboya,
Tũkĩamba kũgeria na mĩtĩ,
Kũrora kana thĩ nĩ nũmu,

Wangarĩ nĩ oigire tũtikagere ho,
No tũkĩmũkararia nĩ ũndũ
Anake gũtũmĩrĩria atĩ nĩ gĩtindiri,
Na gĩtirĩ ũndũ tiga kũhomboya, no
Twakinya gatagatĩ angĩ mũgwanja makĩhorokera,
Ta aya magucio nĩ kĩndũ na kũu rungu,
Tũkĩrigwo kana nĩ gũthiĩ na mbere,
Kana nĩ gũcoka ũrĩa tuoka,
No gũthiĩ na gũcoka no ũndũ ũmwe,

Tũkĩnyitana moko tũgĩthiĩ twĩ mũhari,
Getha ũmwe angĩkora kĩrima kĩngĩ,
No tũmũgucie ta moko maitũ arĩ mũkwa.
Nĩ twakĩrire hatarĩ mũtino ũngĩ,
No twaringa tũkĩringwo nĩ tha,
Nĩ ũndũ wa acio aitũ morĩra ndindiriinĩ,
Ta aya mamerio nĩ nda ya thĩ.
Kĩrĩa kĩarĩ kĩritũ nĩ nganja ngoroinĩ:
Twathiĩ kũ? Gwĩka atĩa? Kũgĩĩra kĩ?

Amwe makiuga tũrorete gũthira,
Makiuga nĩ megũcaria njĩra macoke,
Na makĩoya magũrũ tũmeroreire.
O na ithuĩ aya angĩ twatigirwo na ciũria,
Tũthiĩ na mbere kana tũcarie njĩra tũinũke?
Tiga atĩ o nakĩo kĩrĩma no gũtũheneria, ningĩ
Twaririkana marĩa inyuĩ aciari aitũ mwanona, na nĩ
Mwamatoririe nĩ kwĩhotora ũmĩrĩru na mwĩhoko,
Tũkaigua o na ithuĩ no mũhaka tũtorie!

Twathiyaga mũthenya, ũtukũ tũkamamĩrĩra o harĩa tũrĩiguĩra toro.
Nĩ twathire thikũ tũtekuona ũgwati na mĩtheko ĩgĩcokacoka.
Tiga atĩ hĩndĩ ĩyo tũratheka ningĩ anake erĩ makĩrũmwo thũng'wa nĩ nyoka,

Wanjikũ agĩtanuka mĩri ya mĩtĩ agĩitĩrĩria maĩ mayo irondainĩ ciao,
Hinya wa mĩtĩ ũgĩtunya mata ma nyoka hinya anake makĩhona.
Gĩkũndi kĩngĩ gĩkĩĩyamũra gĩkiuga wendo na ũthaka itikĩrĩte muoyo!
Atĩ athaka gũtirĩ kũndũ mataciaragwo o na kwao matigire nyarari
Kĩu gĩkiuga gĩtigweterera nyoka ingĩ imarũme thũng'wa
Acio magĩcoka na thutha macarie ya kũinũka kwao.

Kwĩragwo gũtirĩ itarĩ mĩtheko,
No ici nĩ ciaregire itherũ kana mĩtheko.
Atĩ o na kũnyua maaĩ njũũinĩ no kwĩhũga
Tũtikahurio nĩ ing'ang'i tũinamĩrĩire.
Kũhũta ti mũno tondũ wa kũguĩma,
Na heho ti mũno tondũ wa mwaki
Ũrĩa twakagia na gũthegethania tũmĩtĩ,
Kana kũringithania tũhiga tũrĩa mwatũheire,
Nĩ tũũndũ tũngĩ tũnini o ũguo ta,

Kũrũmwo nĩ rwagĩ na tũmbũki tũngĩ.
Rĩmwe hamwe nĩ twakomeire thuraku,
Na hangĩ tũgĩteng'erio nĩ mbogo-kanyarare,
Atĩ o na kaba mbogo mbogo tondũ nĩ nene!
Ici ciaiganaga ngigĩ kana itono,
Na ciragambagia ciiiiii nene gũkĩra ya njũkĩ.

No thĩna mũnene ti ũrĩa warehagwo nĩ nyamũ,
Kana macigĩrĩria ma njũĩ irĩma na mĩkuru,
Ũrĩa mũnene woimire andũinĩ!

Ngũkiuga atĩa mũtoĩ?
Atĩ ũru wa andũ rĩngĩ nĩ mũũru gũkĩra wa nyamũ?
No gũtirĩ ũũru ũkĩrĩte wa andũ marigainie,
Kuoyanĩra hiũ, matimũ, mĩguĩ na ndotono.
Harĩa rĩu ithuĩ twakinyĩte twahanĩte andũ maciaranĩirwo,
Tondũ mĩeri nĩ yathiangĩte o tũkĩrĩyanagĩra na kũnyuanĩra.
Tiga atĩ o rĩrĩ tũkenete nĩ kwĩyũmĩrĩria na kũmĩrĩria maingĩ
O rĩrĩ tũrona ta twakĩra mũkuru wa magerio,
Hĩndĩ ĩyo nĩ rĩo gĩkundi kĩngĩ kĩeyamũrire na ũũru,

Gĩkiuga atĩ airĩtu nĩ ithuĩ thĩna wa arũme atĩ
Twamarutire kwao na iroto cia mĩthaiga,
Amwe makoiga atĩ maũndũ marĩa tũreka ta
Kwĩyũmĩrĩria na gwĩka ũrĩa arũme mareka
Tũtekuga hui kana cere nĩ kuonania tũrĩ arogi!
Amwe ao makaririkana wathi wa Warigia makoiga
Kĩonje kĩragirita kĩahota atĩa kũhoota andũ agima?
Atĩ gĩikagie mĩguĩ kũndũ arĩa angĩ matarakinyia?
Ũcio nĩ ũrogi atĩ o na ũthaka witũ nĩ mĩthaiga!

Mangĩtwananga no mathirwo nĩ mathĩna, amwe ao makiuga.
Arĩa angĩ makiuga ihenya inene riunaga gĩkwa ihatha, atĩ
Matige kwenjera mĩri ĩtarĩ yo kĩhumo kĩa mathĩna mao,
Na gĩkiuga nĩ kĩarega mbaara ya arũme na atumia,
Mbaara ya ithuĩ kwa ithuĩ, kana ya andũ marigainie!
Makĩhĩta atĩ ũrĩa wothe ũgũtihia ũmwe witũ,
Nĩ mekuonana nao arũme nĩ kuonanĩra kĩhaaro nganja igathira.
Magĩkindĩra mũno atĩ, kana tũrĩ atumia kana arũme, ithuothe twĩ rũgendoinĩ [rũmwe,
Atĩ twatiha megũtiha tũgĩtiha; twakua megũkua tũgĩkua.

Ithuĩ kenda tũtietereire tũrũĩrwo mbaara nĩ arũme
Tondũ nĩ mwatuonirie kwĩrũgamĩrĩra maũndũinĩ
Na kamũira arĩa oru makinyĩre indo ciao,
Ithuĩ kenda nĩ twetharĩte tũkahamba mĩtĩ igũrũ,
O ta ũrĩa tũtũire twĩkaga kuma tũrĩ tũkenge,
O rĩngĩ mĩguĩ yurage ta mbura magũrũinĩ ma thũ,
Makĩigĩrĩra ndira ciande makĩũrĩra mũtitũ,
Amwe magũithagie hiũ na maũta makĩũra,
Magĩkayaga: Arogi! Arogi! Nĩ twarogwo!

Mwĩthaga agĩtũikaria thĩ agĩthamaka wega:
Akĩĩra matigari atĩ wagũcoka acoke na thayũ,

Gũtirĩ werirwo nĩ ũngĩ oime kwao kũmatha ũthaka,
Atĩ o na kũrĩa moimire kũrĩ o athaka,
Atĩ athaka megũtũũra maciaragwo!
Agĩtũririkania mũkaano wa Maitũ Mũmbi atĩ,
Gũtirĩ thakame ĩgũitwo nĩ ũndũ wa wendo.
Tũgĩeterera a gũthiĩ mathiĩ na kwĩyendera,
No gũtirĩ woire magũrũ arũmĩrĩre acio angĩ.

Wanjikũ akiuga gũtirĩ ũndũ ũtarĩ magerio
Kana mathĩna maguo o hamwe na ngarari
No kwaria na kwarĩrĩria nĩ kuo kĩhonia kĩa ngarari
Nake Waithĩra akĩaria ciugo cia gũtũmĩrĩria
Wĩra no ũrĩa ũtarĩ mũrute,
Kwambĩrĩria, kũmĩrĩria na gũithĩria ũtuĩke muoroto witũ.
Wangũi nake akiuga kĩeha kĩeheragio nĩ gĩkeno,
Agĩkũya rwa wendo na ũiguano na gũtheranĩra ngoro
Tũkĩamũkĩria, ngoro ikĩhorera, tũgĩcokerera rũgendo.

Thutha wa mĩeri ndiũĩ nĩ ĩigana,
Nĩ twakinyire gĩtinainĩ gĩa kĩrĩma.
No nĩ kĩrĩma kana nĩ matheca itu?
Harĩ arĩa igana twanjirie rũgendo,
Matigari twarĩ mĩrongo ĩtatũ.

Tũgĩkiuga ngemi na tũkĩhuha ihũũni,
Amwe magĩthiĩ kũhĩta thwariga,
Angĩ makĩgĩĩra maaĩ na ngũ,
Angĩ magĩthiĩ gũtua ndare mũtitũ.

O ta mũtugo witũ gũtiarĩ wa arũme na wa atumia,
Twekaga maũndũ kũringana na ũhoti wa mũndũ.
Tũkĩruga kĩrugũ kĩnene magũrũinĩ ma kĩrĩma,
Gũcina nyama iria twathĩnja ikahĩa wega
Ndogo ya thĩnjo yambatage kĩrĩma igũrũ.
Tũkĩrĩa, tũkĩina, tũgĩkinya ikinya.
Tũgĩcoka tũkĩyara o kũu thĩ tũtarage njata.
Nĩ twaikarire hau thikũ nyingĩ
Mĩrĩ yambe ĩnogoke tũtanambata kĩrĩma.

Twaganire ng'ano nginya igĩthira,
Tũkĩina nyĩmbo igĩthira!
Wangarĩ nĩ we watũmire twambĩrĩrie macindano,
Rĩrĩa oigire atĩ we nĩ Wangarĩ no akuuo nĩ ngarĩ,
Nake Wambũi akiuga wona Wangarĩ akuuo nĩ ngarĩ,
O nake nĩ ekũgeria mũrĩndu kũgĩe ihenya rĩa ngarĩ na mũrĩndu!
Nake Wanjikũ akiuga nĩ ekũhanyũkania nao e ndũiga igũrũ,

Hũhi na ngarari igĩcaca, andũ amwe moigage:
Reke tuone ihenya rĩa ngarĩ, mũrĩndu na ndũiga!

Wangarĩ, Wambũi na Wanjikũ makĩoyana gũcaria nyamũ,
No nĩ gũcaria kana nĩ gwetha ha kwambĩrĩria,
Kana nĩ gũthuura ĩrĩa mũndũ e kũhaica,
Tondũ nyamũ ciaiyũire kũu guothe.
Tũtiamakaga tondũ tũtũire na nyamũ,
Na tũkũrĩte tũkĩaragia nacio,
Na kwĩruta mĩtugo yacio
No ningĩ amwe aitũ tweciragia no itherũ,
Na o rĩmwe itherũ rĩgĩtuĩka kĩmako!

Tondũ tuonire ndũiga ĩteng'erete
Irũmĩrĩirwo nĩ mũrĩndu nyamarore,
Nayo ĩrũmĩrĩirwo nĩ ngarĩ nyamĩcore
O na tũtirona acihaici tondũ kũna
Mũkuuo ma mũkuuani matuĩkĩte kĩndũ kĩmwe!
No twaroranga wega tũkĩmona,
Wanjikũ acuhĩte ngingoinĩ ya ndũiga,
Arũmĩrĩirwo nĩ Wambũi ng'ong'oinĩ wa mũrĩndu,
Wangarĩ amateng'eretie e ng'ong'oinĩ wa ngarĩ,

Na cio nyamũ ciatuona ningĩ ikĩhahũka,
Twacokire kuona ahaici othe atatũ thĩ,
Nyamũ iteng'eranĩtie nginya ikĩbuĩria
Tũgĩteng'era harĩ o tũmakĩte mũno
Nao ahaici no kwĩrora na kwĩhura nyeki
Meyona ti atihie makĩgwa na mĩtheko.
O na ithuĩ tũgĩthekania nao tũkĩmoragia kaĩ arĩ kĩĩ
Nao anake amwe makĩĩria ta matarĩ mona ũguo
Mwahoreria nyamũ icio na mĩthaiga ĩrĩkũ?

Mwanake ũrĩa wamunyũrĩire Warigia mĩguĩ
Rĩu nake akĩyumĩria kwĩgana na mahenya ma kwao
Akiuga kwao mateng'eranagia me mĩrũthi igũrũ,
Angĩ maga kũmwĩtĩkia hakĩgĩa ngarari
Akiuga nĩ ekũgeria mĩrũthi ya gũkũ amonie ũguo aroiga nĩ ma
Ũngĩ akiuga kwao mahenya nĩ ma huria ya rũhĩa rũmwe,
Na atĩ huria no ĩcinde mũrũthi ihenya
Ngarari igĩtuthũka cia nĩ ĩrĩkũ ĩrĩ ihenya gũkĩra ĩrĩa ĩngĩ
Makiumania marorete mũtitũinĩ ihenya rĩa huria na mũrũthi.

Arĩa matigirwo makĩambĩrĩria kũgana cia nyamũ cia kwao
Makiugaga kwao methimaga ũrũme na kũrũa na nyamũ njũru
Angĩ makoiga ũcio nĩ ũkĩgu mũndũ ethimaga hinya na mũndũ ũngĩ

Hagĩtuthũka ngarari cia ũrĩa o kũndũ andũ methimaga ũmũndũ wao
Twacokire kuona mũrũthi ũteng'eretie huria,
Cierĩ ihuragie thĩ, nyeki ĩkarera rĩeraini thutha wacio,
Na cio nyamũ ciatuona ikĩhahũka irorete mwena ũngĩ,
Ũrĩa warĩ ng'ong'oinĩ wa huria akĩgwa akĩgaragara nyekiinĩ,
Huria ĩgĩthiĩ ta mũguĩ ĩkĩbuĩria na kũu mũtitũinĩ!

Nake ũrĩa warĩ mũrũthi igũrũ agwa,
Mũrũthi wagarũrũkire ũkĩmwathamĩria kanua,
Na ithuĩ tũkiugĩrĩria tũroretie matimũ na kũrĩ guo ũkĩhahũka,
No nĩ watigire wamũhara guoko, thakame ĩitĩkage!
Nake Wanjikũ nĩ ũcio, o gĩthaka,
Agĩcoka na mathangũ na ndigi akĩmuoha,
No mwanake no gũtheka ta gũtihio nĩ mũrũthi atarĩ ũndũ,
Atĩ korwo arĩ na itimũ rĩake angĩarekire wathamie kanua
Nake awũikie itimũ thĩinĩ; tũkĩmũhe rĩtwa Kĩhara.

Hĩndĩ ĩyo nĩ rĩo tuonire rũru rwa njogu,
Na rĩu ithuothe tũkĩĩrana tũcigerie njogu itirĩ ũũru,
O mũndũ njogu yake na gũgĩtuĩka guo,
Tũthiũrũkanage twĩ njogu igũrũ
Ikĩrĩa nyeki ta itaraigua ũritũ witũ.
Tũkiuga tũgerie kana no iteng'eranie.

Njogu ciarega ihenya, tũkĩharũrũka
Tũgĩtheka tũkĩigua mĩĩrĩ yanogoka,
Ta gũtwĩra mathako nĩ mathira rĩu tuoerere rũgendo.

Kwambata kĩrĩma warĩ wĩra ũngĩ,
Wetagia mĩĩrĩ ĩ na hinya na ngoro nyũmĩrĩru.
Maũndũ matiathiire nywee ta mwĩĩro wa ngoro,
O twathiyathiya amwe makoiga «no tũtigakinya!»
Angĩ «kĩrĩma gĩkĩ anga gĩtirĩ mũthia!»
Angĩ «ngoro ĩroiga ĩĩ mwĩrĩ ũkoiga aca!»
Hatiarĩ kũringĩrĩria mũndũ o na ũ,
Kana gũtuĩra mũndũ ũru nĩ kũremwo
Arĩa makua ngoro magacokera o hau maremerwo,

Nao matigari tũkoiga rũgendo nĩ ikinya,
Gwakinya gwa kũhurũka tũhurũke,
Gwakinya gwa gũkinyũkia tũkinyũkie,
Ikinya gwa ikinya nginya tũkinye.
Gũtirĩ hinya ũkĩrĩte hinya wa mwĩhoko.
Kĩrĩma nĩ twambatire o kwambata,
Mĩrongo ĩĩrĩ na atandatũ nĩ o twakinyire,
No heho ĩrĩa yatũtũngire ndĩarekire tũrũhie,
Tondũ o na ngoro ĩgĩkenaga, mwĩrĩ no kũhehenara.

Amwe makiuga matieterera hau heho ĩmanine,
Magĩgĩcoka o ũrĩa mookire hatarĩ ũkwĩhũgũra.
Arĩa twatigirwo anake gakundi na ithuĩ kenda
Tũgĩtaha nyaga hehu tũgĩkĩra tũtigithũinĩ,
Twara tũkaganda ta tũtũ twarũmwo nĩ nyaga ĩno.
Kamũira twanjie rũgendo rwa gũcoka,
Tũkĩigua kubu kubu thutha witũ.
Nĩ mwanake ũmwe wa acio mathiire wacokire,
Akiuga ngoro yake yamwĩra ndangĩthiĩ atige Warigia,
Na tondũ Warigia nĩ aatigirwo mũciĩ no mũhaka acokanie na ithuĩ.

Mwanake ũcio no ũrĩa twetire Kĩhara nĩ kũharwo nĩ mũrũthi,
Na tũkĩmwamũkĩra o wega, mwanake mũciare ma!
Tũgĩikũrũkania tũkĩona maria mangĩ na rĩmwe gĩthiũrũrĩ
Tũgĩthiĩ harĩ rĩrĩa rĩahanaga ta gĩtarũrũ kĩariĩ
Tũkĩiyũria ndigithũ magĩtukana na nyaga!
Nĩ guo ithuothe twanyitirwo nĩ gĩkeno kĩa ũhotani:
Nĩ twatoria, nĩ twatoria, tũkiuganĩra na mũgambo ũmwe
Wangũi akĩambĩrĩria na ithuĩ tũkĩamũkĩria
Tũroretie mĩgambo ũthakainĩ wa bũrũri witũ.

10

Rũcuĩrĩ rwa Mwengeca

Njeri akiuga tũcarie njĩra ĩngĩ tũtigacokere ing'ang'inĩ
Twathianga tũgĩtonya mũtitũ mũtumanu mũno,
Atĩ, o na tũtiamenyire gũgĩtuka, tiga mĩnoga gũtwĩra tune maru.
Tũgĩakia mwaki na, o ta ũrĩa twamenyerete,
Gũgĩtuĩka amwe matũrangĩre arĩa angĩ tũkome
Tuokĩririo nĩ Wanjirũ akiuga agurũmũkio toro nĩ mũkayo
Na atĩ nĩ ona ta ona kĩrũrĩmĩ gĩtune kĩahuria arangĩri aitũ
Na ndamenyaga kana nĩ kĩroto kana nĩ kĩĩ,
Tũkĩgurũmũka ithuothe tũkĩrorana nĩ kũmaka
Tondũ nĩ ma arangĩri arĩa atatũ matiarĩ ho
Tũkiuaga tũreke gũkĩe tũkamacarie tũkĩyonaga
O na tũtamakũkĩte
Waithĩra akiuga nĩ aigua mũkinyo ũrorete na harĩa twarĩ.

Njeri akiuga tũcarie njĩra ĩngĩ, tũtigacokere ing'ang'iinĩ.
Twathianga tũgĩtonya mũtitũ mũtumanu mũno,

Atĩ, o na tũtiamenyire gũgĩtuka, tiga mĩnoga gũtwĩra tune maru.
O rĩrĩ tweĩra twĩrekia hau thĩ,
Waithĩra akiuga nĩ aigua mũkinyo ũrorete na harĩa twarĩ.
Tũkĩgũthithania tũhiga ta ũrĩa mwatũrutire,
Kũrora kana kayũ nĩ gegũcoka tũmenye harĩa ũrĩ,
Kana twĩgererie mũigana wa mwene rĩo.
No kayũ gatiacokagia ũhoro wega.

Rĩrĩ rĩngĩ tũkĩigua mũgambo wagoromoka:
Ũyũ mũtitũ nĩ wa marimũ tu! Cokai na kũrĩa muoima!
Mũgambo ũcio wararumaga ũkararumia mũtitũ wothe
Na tũtiramenya ũroima mbere, thutha kana mwenainĩ.
Tũkĩrũga na igũrũ, tũroretie matimũ na mĩguĩ mĩena yothe.
Wanjirũ agĩtwĩra nĩ egũkĩarĩria, gĩkĩmũcokeria twĩgererie harĩa kĩrĩ.
We nĩ we ũ, kana nĩ mũgambo mũtheri? Wanjĩrũ akĩũria.
Wĩ mũndũ kana wĩ ngoma, ĩ njega kana ĩ njũru?
Nĩ niĩ Mwengeca mũnene wa marimũ, mũgambo ũgĩcokia

Tũkĩrorana! Mwengeca o ũrĩa mwatwĩrire ciake?
Ũrĩa wĩ njuĩrĩ ingĩcokeria Warigia hinya magũrũ?
Tũkũmenya na kĩ wee nĩwe Mwengeca,
Wanjirũ akĩyũria, na tũtirakuona?
Mwĩrĩ wakwa nduonekaga na maitho ma mũndũ, irimũ rĩgĩcokia

Na ndũmenyekaga harĩa ũrĩ, gũkuhĩ kana kũraya.
Rũrĩmĩ rwakwa nĩ ruo maitho na kanua gakwa,
Rũhenagia ta rũheni rũgatema njĩra ndumainĩ,
Rũgucũkaga ta rwa kĩmbu rũkinyĩrĩte ngi,
Ruonaga guothe rũgathiĩ guothe mũtitũinĩ ũyũ wakwa.

Njuĩrĩ yakwa nĩ kĩhoniaciothe
Tondũ gũtirĩ kĩronda ĩtahonagia.
Mwatonya mũtitũ ũyũ wakwa gwĩka atĩa?
Kũiya kĩhoniaciothe mũhonagie ciothe!
Mũrenda ndwari ĩthire thĩ ĩno nĩ kĩ?
Haha hatirĩ wĩ na kĩronda ngoro kana mwĩrĩ, Wanjirũ akiuga,
Ningĩ no twĩyethere kĩhonia towe wiki ndonga ya ũmenyi.
Wee mwarĩ mwaria mũno nĩ we ndũire njethaga! Mwengeca akiuga
Wanjirũ kanua monjore ũka twathage mũtitũ ũyũ niĩ nawe!

Kĩaigua ũguo, gĩkundi kĩa Wanjirũ gĩkiuganĩra:
Ngoro ngoroku ndĩrĩ kĩhonia tiga gĩa itimũ ngoro.
Amwe ao makĩguthũka na kũu moete matimũ igũrũ.
Wanjirũ akĩmera mareke kĩongo gĩtongorie ngoro
Amu ihenya inene riunaga gĩkwa ihatha.
Kĩrĩa maracaria kwa irimũ rĩrĩ gĩ kwenda wara!
Akĩrĩkia ũguo, tũkĩona rũrĩmĩ rũtune rũrahenia ta rũheni,

Rũrereire rĩeraini̇̃ rũrorete na harĩa twarĩ!
No nĩ rũrĩmĩ kana nĩ kĩmũkwa kĩariĩ na ũtheri mũtune ta kĩ!

Kamũira tũmake na tũmakũke nĩ rwahurĩtie anake atatũ,
Gĩkamakũnjania hamwe gĩkamagucia na kũrĩa kĩrĩ,
Tũmaiguwage magĩkayĩra Wanjirũ amateithie,
No mũkayo wathiyaga ũkĩhwererekaga kahoora
Tũgĩcoka tũkĩigua mũkayo wao wathira o rĩmwe.
Tũkĩmenya acio nĩ maamerio nĩ irimũ.
Ngiria ĩkĩgwa mũtitũ wothe, ngoro ikĩheha
Na ithuĩ ithuothe no kũinaina ta thaara kwĩ rũhuho
Hatirĩ na kahinda ga kũinaina, Wanjirũ akĩgũthũka,

Na akĩrĩkia ũguo nĩ arũgĩte handũ akehithania na mũtĩ,
Agĩcoka akiuga o mũndũ arũgame thutha wa mũtĩ,
Mwena ũyũ na ũyũ wake tũtigie gĩcĩra tũtarona,
Na ithuothe tũige mĩguĩ ĩmĩgete na matimũ igũrũ,
Atĩ oiga RĨU ithuothe tũikanĩrie matharaita o rĩmwe
Na ũrĩa ũrĩona ha kũmunyĩra rũcuĩrĩ ndageterere arũmunye!
Amenya ithuothe nĩ twĩharĩirie o mũndũ thutha wa mũtĩ,
Wanjirũ akĩanĩrĩra ciugo o iria cia gĩkundi gĩake:
Ngoro ngoroku ĩkorokagĩra itimũ ngoro.

Ithuĩ arĩa tũkũranĩire na Wanjirũ nĩ twamenyire ngoro yake ĩ na maithori,
No mũgambo wake waiyũire rũng'athio rwa ũcamba na ũmĩrĩru.
Na rĩo irimũ rĩkĩrakara mũno nĩ Wanjirũ kũrĩng'athĩria ũguo
Na rĩgĩikia rũrĩmĩ rĩngĩ rĩũroretie na harĩ Wanjirũ.
No rũgĩthiĩ kũmũhuria, Wanjĩrũ agĩthenga ikinya kana merĩ,
Rũrĩmĩ rũgĩĩkũnjĩrĩra gĩtinainĩ kĩa mũtĩ,
RĨU! Wanjirũ akiuga
Mĩguĩ kĩrũndo ĩgĩtumĩrĩra rũrĩmĩ mũtĩinĩ
Nake Wanjirũ akĩratha agĩtheca ritho rĩrĩa rĩatongoirie rũrĩmĩ,

Nake Kĩhara akĩrũga igũrũ rĩa rũrĩmĩ
Rũrĩa rwarĩ rwariĩ ta njĩra njariĩ
Agĩthiĩ agĩcaragia harĩa rũcuĩrĩ rwarĩ,
Arũgarũgagio nĩ rũrĩmĩ ta mũgucũki,
Na irimũ rĩtiramuona nĩ ritho gũtũrwo.
No rĩrĩa Kĩhara amunyũrire rũcuĩrĩ
Mwengeca agĩkaya rũkayo ta rwa gĩkuũ
Mũgambo ũrurumage ta marurumĩ
Ũtune ũkiuma rũrĩmĩinĩ ũkĩhenagia ta rũheni.

Mwengeca akĩgũthũka o rĩngĩ
Akĩgucia rũrĩmĩ rwake na hinya wake wothe
Rũkĩohoka mũtĩinĩ rwatũkanĩte njaaga kenda

Na rũrĩmĩ rũtirona tondũ wa ritho gũtũrwo nĩ mũguĩ.
Wanjirũ agĩtwĩra atĩ rĩrĩa irimũ rĩaikĩirie anake rũrĩmĩ,
Nĩ rĩo atuire ũrĩa tũgwĩka!
Rwĩha rũcuĩrĩ kĩhonia? Wanjirũ akĩũria na ihenya aririkana.
Kĩhara akĩoya guoko na igũrũ na maitho marakenga gĩkeno!
Kĩheyo kĩa Warigia, akiuga na mũgambo ũroiga rũtingĩkuo nĩ ũngĩ.

11

Gĩtumagĩtatumũkaganduma

Nĩ twathiangire thikũ hatarirũkĩte ũrirũ ũngĩ,
Mũthenya nĩ kwĩhũga tũtikaingĩre mũtegoinĩ wa Mwengeca
Tondũ o na twamwatũra rũrĩmĩ na ritho na kũmũmunyũra rũcuĩrĩ
Tũtiamũtihirie mwĩrĩ ũyũ ũngĩ tondũ tũtiawonaga,

Ningĩ no gũkorwo nĩ arehonirie ironda na njuĩrĩ yake.
Ũtukũ amwe aitũ twakomaga gatagatĩ kũgeria kũhinga ritho
Na o arĩa angĩ magatũrigicĩria na matimũ,
Twaikaranga tũkagarũrĩra arangĩrani magatuĩka arangĩrwo.
O na kũrĩ ũguo, kũhinga ritho kwarĩ hinya.

Ũtukũ ũngĩ, o rĩrĩ twaiguithanĩria ũrĩa tũgũkoma,
Tũkĩigua ta tũraigua makinya maroka na kũrĩa tũrĩ.
Twarora, tũrona o handũ hatumanu ũtumanu
Ũratũma nduma ya ũtukũ yoneke ta arĩ ũtheri.
Nĩ atĩa ũrirũ ũyũ wa nduma ndumanu gũkĩra nduma? Tũkeyũria.

Twaroranga tũkĩona gĩtuma kĩu kĩhana kĩĩruru kĩa mũndũ,
O na akorwo ũraihu na warĩĩ wakĩo nduonekaga wega.
Kamũira tũmakũke na twĩcirie ũrĩa tũkwĩgita,
Tũkĩigua mũgambo waruruma:

Nĩ niĩ Gĩtumagĩtatumũkaganduma
Ndumumagia ngoro itoima na nduma igatumana ta nduma ci!
Ngacierekeria njĩra cia nduma ndumanu itumanĩre kuo!
Nduma yakwa ndĩtumũkaga,
Nduma yakwa ndĩtumũkagwo!
Nduma yakwa ĩtungatagĩra mũnene wa marimũ.
Ngĩhuria na hake nyambaga kũhuria na hakwa,
Muoroto wakwa nĩ ũmwe: wĩrũmĩre ũtarũmanĩire!
Karĩ nda yakwa gatiĩyumbũraga.

Akorwo mũtikwenda gũtumana ta nduma ndumanu
Nengerai Wangarĩ ngarĩe aya angĩ mwĩthiĩre.
O rĩrĩ anake moiga maikie matimũ kĩĩruruinĩ,
Mwĩthaga akĩgũthũka: kaĩ mũtaneruta ũndũ?
Ndĩringagwo ĩtarĩ ĩroima irima.
Gĩkundi gĩake gĩkĩmũkararia amwe ao moigage
Aca, ĩno nĩ tũramĩona, maitho ma arũme ti ma irang'a
Na, magwete matimũ, magĩteng'era na kũrĩ Gĩtuma.

O rĩmwe, arĩa matongoirie makĩhurio ndumainĩ,
Tũgĩcoka tũkĩigua mũgambo ciongo ciao ikĩhũrithanio hamwe,
Rũkayo rwao rwatũrage ngoro citũ na gatagatĩ
Arĩa angĩ magĩtĩmĩra magĩcoka harĩa twarĩ.
Wũi! Acio mahuririo tũtiacokire kũmona rĩngĩ,
No mĩtheko ya Gĩtuma twaiguire gĩgĩtũthirĩkia
Gĩkiugaga ithuothe tũkũmerio nĩ nduma ta acio,
Na rĩkĩambĩrĩria gũka na hau twarĩ,
Rĩkiugaga tũrĩnengere Wangarĩ!

Nake Wangarĩ nũũ?
Arainaina ta thaara nĩ ruo gũtukana na ũcamba!
Na o rĩmwe akĩanĩrĩra rũgiti amĩrage ĩtharie njata yone
Kayũ keyegekagie mũtitũinĩ ta gaka karacũgio nĩ mĩtĩ.
Njĩtagwo Wangarĩ wĩ maitho ta ma ngarĩ.
Makwa mamũrĩkaga nduma ta riũa mũthenya kana mweri ũtukũ
Kuhĩhĩria Gĩtuma gĩkĩ ngũtumũre nduma na ũtheri wa ngarĩ.
Gĩtuma gĩkĩamba gũtĩmĩra o hanene,
Ta kiugo ũtheri arĩ itimũ kana mũguĩ.

Hau Wangarĩ akĩmenya ũndũ ũngĩ,
Agĩikia guoko kĩondo akĩruta tũhiga twĩrĩ,
Agĩtũringithania tũkĩrathũka mwaki agĩakia gĩcinga.

Rĩrĩa Gĩtuma kĩonire ũtheri no mbu gĩgĩtitimũka na thutha.
Na ithuĩ arĩa angĩ tũgĩakia icinga tũgĩgĩteng'eria,
Kĩehũgũra kĩona icinga thutha wa kĩo
Gĩkongerera ihenya gĩkĩmunyũraga mĩtĩ,
Na ĩrĩa ĩngĩ kũmĩkomia nginya gĩkĩbuĩria.
Tũkĩongerera ngũ mwaki ũrĩrĩmbũke.

Ũtune wa riũa rĩkĩratha watũkorire hau,
Na ithuĩ, o na twĩ na kĩeha, tũgĩkũngũĩra ũtheri.

Riũa mũthamaki wa thĩ
Tiga nĩwe gũtirĩ ũtheri
Tiga nĩ we gũtirĩ mwaki

Nyamũ ciothe ciotaga riũa
Mĩmera yothe yotaga riũa
O na ithuĩ andũ tũgota riũa

Wathiĩ toro na ithuĩ no toro
Waratha rũcinĩ tũgokĩra
Kũhang'ania na mĩoyo itũ

Twacokire gũkora mĩĩrĩ ya anake atatũ gĩtinainĩ kĩa mũtĩ,
Ciongo ciao ciatũranĩtio ta ici ciaringĩte mũtĩ ndumainĩ.
Tũkĩmathika.

12

Gĩcinagĩcinĩrĩri

Twathire tũkĩyũragia ciũria ciĩgiĩ Mwengeca na Gĩtuma.
Kana hihi nĩ Mwengeca ũregarũrire aratuĩka nduma
Thutha wa rũrĩmĩ na ritho rĩake gwatũrwo?
Angĩ magakararia makoiga Mwengeca na Gĩtuma ti kĩndũ kĩmwe!
Na o angĩ makoiga: marimũ nĩ marimũ o na mehe marĩtwa maingĩ!
Ngarari nĩ ciatũteithirie kweheria meciria kĩehainĩ,
O hamwe na kũnyihia mĩthenya,
Tondũ rĩu twathiyaga mũthenya rĩrĩa tũreyona,
Gwatuka, tũgakia mwaki tũgakoma, tũkĩgarũranaga ũrangĩri.

Twathiyanga hatarĩ ũrirũ ũngĩ, tũgĩcokacokwo nĩ thayũ.
Rũcinĩ rũmwe o rĩrĩ ningĩ tuoiga twambĩrĩrie rũgendo,
Tũkĩigua mũrurumo ũngĩ thutha witũ,
Ithuothe tũgĩtitimũka tũkĩamba gũteng'era
No ningĩ tũkĩhũgũra kũrora tũrorĩra kĩĩ!
Maitho maitũ matũngirwo nĩ magegania:

Ũyũ nĩ mũndũ ĩ, kana nĩ nyamũ ĩ, kana kana nĩ ndũĩ?
Kĩmũndũ kĩ na magũrũ matatũ na moko matatũ?
Tũkĩona kĩmũndũ kĩu kĩahuria mwaki na gĩkĩũmeria, na

O rĩmwe ũrirũ ũngĩ ũkĩrirũka tũwĩroreire!
Tondũ kĩahihia, kanua na maniũrũ ikaruta rũrĩrĩmbĩ na,
Rũgacina mahuti na mĩtĩ ĩrĩa ĩkuhĩhĩirie.
Tũkĩigĩrĩra ndira ciande kĩa biũ gwĩthara ti guoya
Na rĩo rĩgĩtũrũmĩrĩra rĩanĩrĩire na mũgambo mũnene
Niĩ nĩ niĩ Gĩcinagĩcinĩrĩri o na iria itacinĩkaga
Njinaga gĩothe kĩ njĩrainĩ yakwa kĩ hakuhĩ kana haraihu
O na twateng'era atĩa, rĩ thutha rĩkĩhũyũkaga ndogo na mwaki
Rĩgĩĩtagia Mwĩthaga, getha atĩ rĩreke ithuĩ aya angĩ twĩthiĩre.

O na akorwo tũtiakĩonaga wega tondũ
Mwĩrĩ wa kĩo warĩ mũhumbĩre nĩ ndogo na rũrĩrĩmbĩ,
Nĩ twagunagwo nĩ gũtuĩka magũrũ na moko ma kĩo matatũ
Matiatwaranaga wega kana gũkinyũkania hamwe wega.
No nĩ kĩaminjaga rũrĩrĩmbĩ kũnene na ruokaga rũnegenete
Ningĩ rĩrĩa ithuĩ tũrahũma kĩo gĩtirahũma.
Ithuĩ nĩ mwaturutire ihenya kuma tũrĩ o twana,
No anake amwe matiakũrire na mahenya ta ithuĩ,
Kwoguo o makĩhihia, mahũri mao nĩ kuga mbu.

Tũthiangĩte tũkĩigua anake arĩa marigĩtie thutha mũno,
Makayũrũrũka nĩ ruo rwatemaga mũndũ ngoro na kĩongo
Tũkĩmenya acio nĩ makinyĩrwo nĩ rũrĩrĩmbĩ, kao nĩ gathira
Na ithuĩ no ruo nĩ kũmenya tũtirũgama kũmateithia
Mwĩthaga akiuga tũhaice mũgumo igũrũ tondũ
Tũtihota kũhũmania na kĩmũndũ gĩtarahũma.
Mũgumo warĩ mwariĩ mũraihu na hwang'wa nyingĩ.
Kĩmũndũ kĩu gĩkĩrũgama gĩtinainĩ kĩa mũgumo ũcio,
No gĩtiahotaga gũkinyia rũrĩrĩmbĩ gacũmbĩrĩinĩ ka mũtĩ.

Nake Mwĩthaga akĩambĩrĩria kũrĩthirĩkia:
Njĩtagwo Mwĩthaga na rĩngĩ Nyambura, ũrĩa ũinaga:
Mbura ura
Ngũthĩnjĩre
Njong'i ĩmwe
Ya magũrũ atatũ
Mogomu ta mbogoro
Ya moko atatũ
Momũ ta mahiga
Iteng'era ndũhota
Kuoya kĩndũ ndũhota
Kũnyua maaĩ ndũhota

Kĩaigua ũguo gĩkĩamba gũtithia ta kĩraigua guoya,
Na hau Mwĩthaga akĩmenya ũndũ ũngĩ.
Akĩaũra ndigithũ ng'ong'o akĩmĩinamĩrĩria agĩita maĩ,

Akiugaga ciugo cia kũhuuha mbura
Na o hĩndĩ ĩyo mbura ĩkĩambĩrĩria kura
Macoya thĩ magambage cocococoo
Nĩ ũndũ wa kũbobokerwo nĩ mbura
Gĩcinagĩcinĩrĩri no magũrũ na moko atatũ kĩande
Gĩkĩũra gĩkiugaga mbu nginya gĩkĩbuĩria,
Na tũtiacokire gũkĩona kana gũkĩigua.

13

Irimũ rĩa Kĩmĩimatathiraga

Tũtiathire hanene Mwengeca atatũmĩte magerio mangĩ,
Tiga atĩ o kĩgerio gĩoka tũgakĩonera kĩgarũri,
O ta ũrĩa mwanatũruta atĩ gũtirĩ kĩhinge gĩtarĩ kĩhingũri.

Irimũ rĩa Maithorimatathiraga rĩatumĩrĩire o rĩrĩ tũraria cia arĩa tũratunyirwo,
Maithori manyĩrĩrĩkage ta maaĩ makiuma mũtũrirũ,
Rĩgatũma o na ithuĩ maithori maitũ maitĩke mategũtigithĩria,
No rĩrĩa rĩetirie Wambũi atĩ getha rĩtũgirie maithori,
Tũkĩmenya tũrenderwo kĩeha kĩeherie mwĩhoko tũtige rũgendo
Na ithuĩ tũgĩcira na tũgĩtua tũtigũkua ngoro ũrĩa tũrenderwo nĩ thũ.
Rĩa Maithorimatathiraga tũkĩrĩingata na mĩtheko,
Mwĩhoko na mwĩrĩgĩrĩro ikĩriũka,
Tũgĩcokerera rũgendo na hinya muongererũku.

Rĩa Kĩguũ rĩgĩtũteng'eria rĩgĩtũikagĩria ndihũ na ndaka,
Na ithuĩ tũgĩteng'era tũkĩhaica karĩma gacũmbĩrĩ igũrũ
Na rĩo rĩaremwo nĩ kũhaica karĩma rĩgĩcoka na thutha.

Irimũ rĩa KĩmĩiMatathiraga rĩamĩyaga kĩrĩma na kĩngĩ,
Rĩera rĩgatararĩka mũtararĩko wa ũbuthu mũtheri,
Mathangũ ma mĩtĩ makarigoya hakuhĩ kũma,
Nyoni ikagwa thĩ ihoteku nĩ rĩera kũbutha
Iria ingĩ ikombũka itarainĩ gũthama,
O na tũnyamũ tũmbũki nĩ twetharaga!
Ithuĩ twetigĩraga mũno ũbuthu ũcio ndũgakinye njũĩinĩ,
Tondũ kũbuthia rĩera na maaĩ nĩ kũroga muoyo!
Rĩu irimũ tũkĩrĩingata na mũnungo mwega wa mahũa.

Rĩrĩa rĩarĩ rĩũru mũno,
Angĩkorwo kwĩ irimũ rĩngĩkĩria marĩa mangĩ ũũru,
Nĩ irimũ rĩa Thakame Mĩromo rĩrĩa rĩetagia thakame itũ,
Rĩgatũiguithia wega ta arĩ ũndũ mwega rĩratwĩrĩra,
Atĩ rĩkũiganwo nĩ thakame tu, ti nyama rĩrenda,
Atĩ rĩgũtũnyua thakame rĩtũtigĩre mwĩrĩ ũtarĩ na kĩrema handũ!
Na rĩo rĩu tũkĩrĩhenereria nginya handũ irimainĩ,
Rĩkĩhobokera tũkĩrĩtiga rĩgĩkaya rĩkiugaga nduta
Mwandiga haha nĩ ngũkua nĩ kwaga thakame.

Twakenire atĩa twakora rũũĩ rwa maaĩ matheru ma?
Rũũĩ rũu nĩ ruo rwahakanĩtie mũtitũ wa Mwengeca
Na mũtitũ mwena ũyũ ũngĩ wa rũũĩ o na akorwo tũtioĩ nĩ wa ũ!
Anake amwe makoiga rwarĩ rwariĩ gũkĩra monete ng'endoinĩ ciao.
Tũgĩikũrũkania na ruo gũcaria hega ha kũrũringĩra,
Na gũtuĩria wega tũtikagerere ing'ang'iinĩ mathanjĩinĩ.
O rĩrĩ tuona handũ tũngĩthambĩrĩra tũringe,
Na gwĩciria nĩ tuoima mũtitũ wa marimũ tũrũhie,
Tũkĩigua mũgambo wagoromoka mũkĩra wa rũũĩ!

14

Marimũ ma Kĩondo Gĩtaiyũraga

Nĩ niĩ Karĩithongo karĩa karingithanagia ciongo igacerekena!
Koigi ũrĩa ugaga gũgekĩka ũrĩa koiga!
Karĩithi ũrĩa ũrĩithagia ikarĩa mahiga ikĩenda na itekwenda!
Wairimũ, mwarĩ wa irimũ, nĩ we ndaiyĩra, ũtuĩke mũka wa irimũ.
Twarora mũkĩra hakuhĩ na harĩa ndururumo ĩraitĩrĩra,
Tũkĩona kĩmũndũ kĩigana kũrema na tũkĩmenya nĩ kĩo kĩraharwo ciugo.
Njuĩrĩ yakĩo yagwĩrĩire mwĩrĩ wothe.
Na o rĩmwe tũkĩmenya nĩ irimũ o ta marĩa ma Mwengeca,
Kana marĩa mwanatwĩra ciamo ng'anoinĩ cia kũnyihia hwaĩ.

Kĩrĩa gĩatigithũranĩte rĩrĩ na ma Mwengeca nĩ maitho.
Thithinĩ rĩarĩ na ritho rĩmwe tu, rĩrĩa rĩakanaga mũrũri ta wa riũa.
Twaga kũrĩcokeria, rĩkĩrurumĩria makĩria:
Wairimũ mwarĩ wa irimũ inũka kwa irimũ ũkarugĩre marimũ!
O na tuonete marĩa tuonete nĩ twambire kũgega,
Tũrigĩtwo kana nĩ kũrũa kana nĩ kũũra,

Tũiguage tũhatĩrĩirio mũtegoinĩ gatagatĩinĩ ga thutha na mbere:
Thutha witũ nĩ Mwengeca na marimũ make;
Mbere, mũkĩra wa rũũĩ, nĩ Karĩithongo na marimũ make,

O rĩrĩ tũragariũrania wa gwĩka,
Wanjikũ akiuga kwĩgita ti guoya,
Na mbaara ndĩcaragio,
Tiga atĩ ĩngĩtũkora tũtingĩmĩũrĩra.
Ithuĩ ithuothe tũgĩtĩkania nake,
Tũgĩteng'era na kĩanda tũrũmanĩrĩire,
Tiga tĩ o rĩrĩ tweciria nĩ twatee irimũ,
Tũkĩrĩona mwena ũrĩa ũngĩ wa rũũĩ!
Tũkĩambata na kũrĩa tũkumĩte,
Ningĩ tũkĩrĩona rĩtũng'etheire rĩ mwena ũrĩa ũngĩ.

Wairimũ akĩng'athia akiuga anĩrĩire:
Njĩtagwo Wairimũ na ndirĩ wa irimũ,
Ndigithia ũrimũ kana ngũrimũre ũrimũ.
Hau ithuothe tũkĩnyua muma atĩ
O na maigana atĩa tũtikũũrĩra marimũ rĩngĩ
Tondũ o ũrĩa tũramahaka na kũmorĩra,
Noguo marakĩrĩrĩria kũnora mwĩrĩ na kũnoora magego.

Narĩo irimũ rĩkĩrakara nĩ Wairimũ kũrĩng'athĩria
Rĩkiuga twarega na Wairimũ, ithuothe rĩgũtũiga thegi warĩo!

Mũroneka ta mũtanjũĩ, rĩkiuga, reke ndĩmenyithie tũmenyane.
Ndetirwo Karĩithongo nĩ ritho rĩakwa kuona haraihu,
O na Nyakondo no rĩakwa, tondũ kĩondo gĩakwa gĩtiyũraga, na
Rĩoiga ũguo rĩkĩinamĩrĩra ndururumoinĩ,
Maaĩ makeitĩrĩra kĩondo gĩtaraiyũra,
Rũũĩ ruothe mũhuro wa ndururumo rũkĩitĩrĩra ho,
Na kĩondo gĩtiraiyũra.
Na ithuĩ tuona thĩ nyũmũ harĩa hoima maaĩ,
Tũkĩĩrana tũkĩre tũkamĩrũĩre mũkĩra ũcio ũngĩ.

Na rĩo rĩkĩrekereria maaĩ kuma kĩondo rũũĩ rũgĩcoka,
Atĩ korwo nĩ twambĩrĩirie kũringa tũngĩathereririo nĩ rũũĩ.
Nengerai Wairimũ mũka wa irimũ ainũke kwa irimũ
Na inyuĩ aya angĩ mwĩthiĩre mũinũke na wega!

Ndigithia ũrimũ kĩrimũ gĩkĩ, Wairimũ akiuga rĩngĩ
Njĩtagwo Wairimũ no ndirĩ wa irimũ,
Ndĩ mwarĩ wa Mũmbi na Gĩkũyũ
Ndirĩ gĩthayo tawe
Ndĩyaga ndĩrĩmĩire,

Nganyua ndĩtahĩire,
Ngaikara ndĩyakĩire,
Ndigithia ũrimũ
Kana ngũrimũre ũrimũ.

O hĩndĩ ĩyo hau hakĩgera thiya na thwariga,
Irimũ rĩgĩcihuria ĩmwe na ĩmwe na ĩngĩ
Rĩgĩcikia kĩondo gĩtaraiyũra.
Rĩgĩka maingĩ ma gũtũhahũra ngoro ta
Kũmeria mĩtĩ, tĩĩri, ciothe ciothe,
Rĩkiugaga twarĩgiria Wairimũ,
Tũkũrĩkĩrĩria kĩondoinĩ gĩtaraiyũra.
Ang'athĩtie, nake Wairimũ akiuga atĩ
Ekũrĩtathũra nda ĩtaciaraga, indo ciene rĩanameria ciume.

Nao anake othe nĩ kũhĩhĩyana nĩ ũrũme,
Ũmwe wao akiuga arekwo ang'eng'ane na rĩo e wiki,
Na akĩrĩkia kuga ũguo nĩ anyugutĩte itimũ.
Ithuothe tũkĩmaka, tondũ
Irimũ rĩrĩa rĩanyitĩire itimũ na guoko rĩerainĩ
Rĩkĩriunanga tũcunjĩ rĩgĩtũikagia kĩondo.
Angĩ atatũ makĩnyugutanĩria mao ihinda rĩmwe,

Rĩkĩmanyitĩra igũrũ rĩkĩmoinanga na mang'ũrĩ
Rĩgĩikagia tũcunjĩ kĩondo gĩtaraiyũra.

Anake angĩ erĩ magĩcoka na thutha mehithĩte,
Magĩkungĩra mahutiinĩ maikũrũkanĩtie na rũũĩ,
Na ithuĩ tũkĩrĩhang'ia na ciũria itarĩ njĩra,
O kũhe anake kahinda mone ha kũringĩra rũũĩ,
Mariume na thutha marĩthecange na matimũ.
No rĩrĩa marĩikĩirie matimũ magĩciria rĩtirona,
O na rĩtiehũgũrire rĩamanyitĩire igũrũ,
Rĩkĩmoinanga na gwĩkĩra tũcunjĩ kĩondoinĩ,
Rĩgĩthekaga na kĩnyũrũri, ritho rĩarĩo rĩtũmũrĩkĩte.

O na mĩguĩ yao, rĩgĩka o ta guo,
Kũnyita, kunanga na gũikia tũcunjĩ kĩondo.
Nĩ rĩo twamenyire atĩ rĩ na ritho rĩngĩ igoti.
Nake Wairimũ akĩigua ta egũitwo nĩ marakara,
Na akĩhuria itimũ rĩa mwanake ũngĩ,
Akĩrĩnyuguta na hinya mũingĩ mũno,
Rĩkĩgerera rĩerainĩ rĩkĩhuhaga mĩrũri,
Rĩkĩhĩtũkĩra igũrũ wa mũtwe wa irimũ,
No irimũ, rĩtiahutirie itimũ kana kwĩhũgũra.

Wairimũ akiuga nĩ amenya ũngĩ nĩ ekuonana na rĩo,
Na ithuĩ tũkĩmũthaitha atige gwĩka ũndũ e wiki,
Atĩ kaba tũthiranĩre hamwe, na hau hakĩgĩa ngucanio.
Ĩno mbara nĩ yakwa na marimũ maya, Wairimũ akiuga.
Aca mbaara ya marimũ ti ya mũndũ ũmwe, tũkiuganĩra,
Ningĩ hinya wa andũ ana me hamwe,
Nĩ ũkĩrĩte wa andũ anana matarĩ hamwe.
Rĩakũmeria rĩgũcoka harĩ ithuĩ,
Ũmwe kwa ũmwe kĩondoinĩ gĩtaiyũraga.

Wairimũ agĩtwĩra tũtige kũmaka,
Atĩ tũikare tũkĩrĩikagĩria mahiga tũtegũtigithĩria.
Nake, arũmĩtie ũta wake mokoinĩ na kĩrangi ng'ong'o,
Wairimũ agĩkungĩra mahutiinĩ akĩhamba mũtĩ igũrũ.
Na thutha hanini tũkĩigua irimũ rĩakaya nĩ ruo
Mũrurumo warĩo ũthingithagie thĩ nginya harĩa twarĩ!
Mũguĩ ũngĩ na ũngĩ o kĩongo gatagatĩ.
Rĩrĩ rĩngĩ rĩkĩigĩrĩra ndira ciande rĩgĩkayaga,
Mĩguĩ ĩtatũ ĩ kĩongoinĩ kĩarĩo ta mĩkuha ya njege.

Wairimũ akĩharũrũka agĩtwĩra atĩ rĩrĩa arĩikirie itimũ,
Nĩ guo amenyire irimũ rĩu rĩonaga o mbere na thutha tu,
Atĩ rĩtirahota kũng'aara rĩrore igũrũ

Kana kũinama rĩrore thĩ
Kana kũrora mwena na mwena!
Rĩu tũgĩikũrũkania na rũũĩ tũkĩona ha kũringĩra,
Tũkĩgomana mwena ũyũ ũngĩ na anake arĩa erĩ omĩrĩru,
Na ithuĩ ithuothe no kũrũhia tondũ hatirĩ warĩ mũtihu handũ.
Na gũkumia ũmĩrĩru wa anake arĩa na wara wa Wairimũ.

O rĩrĩ twĩ ĩrũhiainĩ tũgĩkumagia wara wa Wairimũ,
Tũkĩona tũrĩ athiũrũrũkĩrie nĩ mangĩ manana,
Marakaru atĩ nĩ twatheca mũnene wao na mĩguĩ.
Makĩanjia kũina atĩ ciondo ciao o na cio itiyũraga,
Atĩ megũtũmeria na mamerie tĩĩri na rĩera na maaĩ
Tondũ ciondo citũ itiyũraga, makoiganĩra hamwe.
No rĩu tũtiamakaga tondũ nĩ twamenyete hitho ya marimũ.
Tũgĩtiga Wairimũ na anake arĩa makĩmaikĩria mahiga.
Na ithuĩ aya angĩ mĩtĩinĩ, o ũmwe na irimũ rĩake.

O na macio mangĩ mekire o ta mũnene wao,
Makĩigĩrĩra ndiira ciande magĩkayaga,
Makĩĩhĩtaga na kĩondo kĩao gĩtaiyũraga!
Kamwe anga kaarĩ mwana tondũ
Gakayagĩra ithe na kamũgambo gaceke
Baba nĩ niĩ Manga na ndirĩ mũhutie handũ,

Nĩ ngaciara mangĩ, Manga gakiuga karũmĩrĩire ithe,
Nake oigage akĩhũmaga, o na ũguo mũriũ tũkũrie ũrimũ,
Wa kĩrimũ wĩtirimagia na mbarĩ ya marimũ.

15

Wamahuru na Wamahiti

Nĩ tuonire mangĩ ma magegania
Atĩ o na rĩu ngĩheana rwa cio
Ndĩrona ta arĩ ũrĩa mũndũ arotaga
Iroto iria ihahũraga mũndũ toro
Atĩ agĩũkĩra ũguo no thithino.

Rĩmwe nĩ tuonire mũtitũ mbere itũ
Mĩtĩ ĩ na mahũa ma marangi marirũ ta kĩ
No twaũkuhĩhĩria tũkĩenda gwĩtuĩra mahũa mamwe,
Mũtitũ ũgĩtonya na thĩ ta wamerio nĩ marima, no twakĩra
Na twarora thutha mũtitũ nĩ wacokete.

Harĩ rĩmwe twakorereire mwena wa rũũĩ,
Tũkĩamba kũgegearĩra o harĩa twarĩ
Tondũ tuonire irimũ rĩecomora kũgũrũ

Rĩgĩgũthambia maaĩinĩ na gũtiroira thakame,
Rĩarĩkia rĩgĩkwanĩka mwenainĩ atĩ kũme.

Rĩgĩka ũguo na kũgũrũ kũu kũngĩ,
Rĩgĩcokerera maniũrũ na matũ
Ciĩga cia mwĩrĩ kĩmwe gwa kĩmwe
Nginya ritho rĩa ũrĩo na rĩa ũmotho
Gũkonora gũthambia na kwara mwenainĩ.

Maitho merĩ makĩanjia gũthaka
Magĩcoka magĩteng'erania
Kũgaragara marorete na kũrĩa twarĩ na
Rĩrĩa matuonire makiuga mbu na
Makĩambĩrĩria kũgaragara macokete na thutha!

Nacio ciĩga iria ingĩ kũigua mbu
Ikĩanjia kũrũga kĩmwe gwa kĩmwe
Gũcoka mwĩrĩinĩ na maitho no mbu
Nĩguo anake erĩ maikanĩirie mĩguĩ
Magĩtheca maitho macio na ithuĩ no ndira ciande.

Twathiyathiyanga nĩ twatũngire mangĩ merĩ
Matuona makĩũra na ĩthuĩ tũkĩmateng'eria

Rĩmwe rĩkĩgarũrũka rĩgĩtuĩka ihuru rĩeraini̇̃
Rĩu rĩngĩ kĩhiti kĩnene ta kĩ, cierĩ igĩtũrũmĩrĩra
Wamahuru rĩeraini̇̃ na Wamahiti mũtitũini̇̃ ndumaini̇̃.

Nĩ twamenyire cietereire ũmwe witũ agwe
Atuĩke kĩimba cione gĩa gũtharanĩra
Na ithuĩ tũkĩũhĩga tũkĩrekia thwariga ĩmwe thĩ
Wamahuru na Wamahiti magĩteng'era ho na ithuĩ
No magũrũ ciande tũkĩũra tũkĩbuĩria.

16

Marimũ ma Irembeko

Twaiguire wega atĩa twakĩra mũtitũ wa Nyakĩondo,
Tũgĩkora rũriĩ rwa nyeki rũiyũire rũru rwa nyamũ,
Mĩthemba ĩrĩa ĩrĩyaga nyeki na mahuti,
Ndũiga, thwariga, mĩrĩndu, thiya, mbogo,
Na nyoni rĩerainĩ o hamwe na nganga na nyaga,
Igĩtũririkania iria ingĩ tuonire magũrũinĩ ma Kĩrĩ Nyaga,
Tiga atĩ rĩu twarorete kũinũka gwitũ Gathanga.
Hau nĩ ho ningĩ tuonire ũrirũ ũngĩ.
Tũtiũĩ nũũ wambire kũmuona.

Mwanake mũmbe ũthaka wa mũnyũ,
Mwĩrĩ wothe o hamwe na nguo nĩ mũnyũ,
Njuĩrĩ nyoroku ta kĩmira kĩerũ ĩkagwĩra ciande,
O nayo ĩrahenia ta mũnyũ mwerũ gũkĩra nyaga.
Reke ningĩ mwĩrĩ ũyũ na njuĩrĩ igwĩrwo nĩ mĩrũri ya riũa rĩgĩthũa,
Ikahenia na marũri marĩa mũgwanja ma mũkũnga mbura.

Reke ningĩ mwanake ũyũ atũhuhĩre mĩrũri.
Ndiũĩ nĩ kĩĩ gĩatũkumbacire ithuĩ kenda o rĩmwe,
Tũkĩambĩrĩria ngarari na kuga ũcio nĩ we ngoro ĩtũire yetereire.

Nĩ rĩo Wanjikũ atũkiririe ithuothe akiuga tũmenye wega
Mũgathĩ wa kuona ũteyaga wa mwene,
Na mũndũ no ate inya akinyĩrĩte inyanya
Wamũnyũ aakĩririe Kairũ ũthaka rĩ?
Twahota atĩa gũtiga aya tuonanĩire ruo na thĩna,
Nĩ ũndũ wa mũndũ tũtoĩ?
Nĩ ũndũ wa mũnyũ mwerũ?
Kaĩ twariganĩrwo nĩ mũkana wa Mũmbi?
Reke tũcokie maitho maitũ harĩ ikundi citũ! Akiuga.

Twakorire nao anake maroretie mao mwena ũrĩa ũngĩ wa
Rũriĩ harĩa harũngiĩ mũirĩtu wa mwĩrĩ mũtheri wa mũnyũ,
Njuĩrĩ nyorothe mũnyũ ĩkanyoroka ta kĩmira,
Ĩkagwĩra ciande cierĩ o ta ya mwanake ta marĩ a nyina ũmwe
Njuĩrĩ imwe ciahumba maitho nĩ karũhuho agacieheria na
Ciara ndaihu hake mũnyũ ta kũndũ atahutagia tĩĩri
Nake ainage karwĩmbo karatonya matũ ma anake ngoma ikamokĩra
Na makĩambĩrĩria gũthonjana o ta ithuĩ makiugaga ũcio nĩ we.
Makahana ta aya mariganĩirwo atĩ nĩ ithuĩ mokĩte gũcaria.

Kĩhara nowe tu waregire gũtahwo nĩ mũgathĩ wa kuona
Mwanake o ũrĩa wamunyũrĩire Warigia mĩguĩ kĩrithoinĩ
O ũrĩa ningĩ watihirio nĩ mũrũthi kĩrĩmainĩ tũkĩmwĩta Kĩhara
O ũrĩa ningĩ wamunyire rũcuĩrĩ rũrĩmĩinĩ rwa Mwengeca
O ũrĩa woigire nĩ we ũkũrũkuwa arũmenyereire nĩ rwa Warigia
Ũcio akĩanĩrĩra akiuga we ethurĩire wake wa ngoro o tene
Atĩ o na wake atarĩ haha kũmuona kĩmwĩrĩ,
Ngoro yake yombire ngoroinĩ ya Warigia tene
Na ndĩngĩũmbũrwo ho nĩ ũndũ wa mũnyũ werũinĩ.

O hĩndĩ anake aya angĩ marahaaranĩra Wamũnyũ,
O mwanake akoiga Wamũnyũ nĩ wake tondũ nĩ we ũmuonire mbere
Na atĩ nĩ we tu ũrahuhĩrwo mĩrũri nĩ Wamũnyũ,
Hagĩũka rũhuho rũnene atĩ ona ithuĩ rwarĩ hakuhĩ gũtuoya mĩthuru.
Hĩndĩ ĩyo nĩ rĩo tuonire ũrirũ ũngĩ.
Njuĩrĩ ya mbarĩ ya mũnyũ ĩkĩoywo nĩ rũhuho,
Ciongo cia ene yo igĩtigwo ũtheri,
No nĩ ciongo kana nĩ mahĩndĩ.
Tiga! O na to ciongo ciki.

Mwĩrĩ wothe nĩ mahĩndĩ matheri.
Mahĩndĩ makehumba irembeko cia mwĩrĩ na njuĩrĩ.
Twacokire kuona mahĩndĩ marĩa mahanyũkĩte rũriĩinĩ,

O na nyamũ ciamona igatitimũka na ingĩ kũũra,
Magĩtuĩkanĩria werũinĩ marorete ithũĩro makĩgambaga karagaca
Nginya makĩbuĩria mũtitũinĩ wa Nyakondo.
Tũkĩrorana ithuothe nĩ kĩmako,
Na tũgĩcokeria Wanjikũ na Kĩhara ngatho,
Nĩ gũtũgiria tũtahwo nĩ marimũ ma irembeko cia mũnyũ.

17

Rũcuĩrĩ Rũhonia Ciothe

Tũgĩthiĩ twarĩ mĩrongo kenda na kenda,
Nganja na mwĩhoko irũagĩre ngoroinĩ,
Ũgwati woka nganja ikongerereka,
Mwĩhoko ũgakararia mĩhehũ ya nganja,
Kĩĩrĩgĩrĩro gĩkongerera hinya mwĩhoko.
Rũgendo rwitũ rwarĩ rwa ruo na magerio,
Tiga atĩ magerio nĩ kagera ngoro na mwĩrĩ.
Ningĩ nĩ mũtwĩraga atĩ mageria no mo mahota.
Tũgĩcoka twarĩ ikũmi na kenda njui hũũre,

Kĩeha na gĩkeno irũagĩre ngoro,
Kĩeha nĩ ũndũ wa arĩa matakinyire,
Amwe nĩ ũndũ wa kũhurio nĩ ing'ang'i,
Angĩ nĩ gũkua ngoro magacokera njĩra,
Nao arĩa angĩ nĩ kwanangwo nĩ marimũ.
Kĩrĩa gĩatũkenagia nĩ nyaga ĩrĩa twarutire kĩrĩmainĩ,

Hamwe na maaĩ ma kĩrĩmainĩ ndigithũinĩ kenda,
Rũũri rwa atĩ nĩ twambata kĩrĩma gĩa Kĩrĩ Nyaga
Atĩ nĩ twakinya makinya mwakinyire,

Twagera njĩra mwagereire,
Twanyuĩra kiuga mwanyuĩrĩire,
Na twaina rũrĩa na inyuĩ mwainire.
Tũracokire ikũmi na kenda twĩhũgĩte mwena na mwena,
Na rĩu nĩ twamenya atĩ marimũ ti ng'ano meho na atĩ,
Nĩ ma mĩthemba mĩingĩ na nĩ marĩani biũ biũ,
Mekwenda kwĩhotorerwo mahinda mothe.
No kĩrĩa twarehe kĩnene nĩ rũcuĩrĩ rwa Mwengeca.

Gĩkũyũ agĩtuĩra mata gĩthũri, akiugaga thaai
Hinya ũrĩa wamũcokia haha noguo watũrehire haha thaai
Rũgendo rwanyu nĩ rũrathime tuge thaai
Tondũ o na hatarĩ rũcuĩrĩ Warigia wanyu nĩ arũngarire magũrũ,
Na o hĩndĩ ĩyo makĩona Warigia oimĩra mũtitũ aigĩrĩire thiya kĩande.

Oima kũhĩta nyamũ e wiki, Mũmbi akĩmeera, na matige kũmaka muoyo nĩ [magegania
Atĩ moimagara o ũguo no rĩo Warigia ambĩrĩirie gũkiritaga nginya kĩanda rũũĩinĩ, e [wiki

Akiugaga atĩ athiĩ gũthagana wake; atĩ tondũ mwathire na ya rũũĩ, mũkainũka na
[ya rũũĩ.
Agagĩikarĩra kahiga acurĩtie magũrũ maaĩinĩ, maaĩ mamamoyage,
Rĩngĩ agakomera tũhiga maaĩ mathereragĩre mwĩrĩinĩ wothe,

Mũthenya ũmwe nĩ guo twaiguire ngwa na rũheni tũtarĩ tuona
Ta kũndũ thĩ na igũrũ iratũkanĩra hamwe o rĩmwe
Ngwa na rũheni igĩthiranĩra o hamwe ta arĩ kũhĩtũka ciehĩtũkagĩra.

Tũkĩrorana tũkĩũrania e ha Warigia witũ? Kana nĩ we wetwo?
Niĩ na thoguo tũkĩyona tũrorete na ya rũũinĩ ta twathiĩ mbaara

Twatũngire Warigia akinyũkĩtie na magũrũ marũngarũ ta kĩ.
Kĩama gĩkĩ gĩekĩkire rĩ? Twathiĩ o ũguo? Makĩũranĩria.
Aca, mũikarangĩte matukũ, ta kĩmera kĩmwe gĩthiru, Gĩkũyũ akiuga.
Othe magĩkira makiuna ciara magĩcoka makĩrorana, tondũ
Hĩndĩ ĩyo yaringanire na rĩrĩa Kĩhara amunyũrire rũcuĩrĩ rwa Mwengeca!

18

Kũhanda Ithĩgĩ Mũciĩ

Wanjirũ na mwanake wake makĩoyanĩra ndigithũ yao,
Magĩkinyũkanĩria kahoora makĩmĩiga magũrũinĩ ma Gĩkũyũ na Mũmbi
Nyaga nĩ yatuĩkĩte maaĩ namo magatigara o manyinyi.
Gĩkũyũ agĩtobokia gĩcuthĩ ndigithũinĩ akĩmaminjĩria kĩrathimo.
Maaĩ maya matuĩke horohio ya kweheria thahu mĩoyoinĩ yanyu.

Mwene Nyaga aromũnyagĩra kĩrathimo gĩake, Thaai.
Nake Mũmbi o ta guo gĩcuthĩ ndigithũinĩ akamaminjĩria kĩrathimo.
Thaai Mwene Nyaga atwehererie kĩng'ũki kĩa marimũ bũrũriinĩ:
Rĩu nĩ hĩndĩ ya ngoro ya wathiomo na wathiomo gũthiomana
Ciana nyingĩ ithakage nja ya mũciĩ wanyu.

Acio angĩ o ta guo erĩ erĩ ndigithũ thĩ makaminjĩrio kĩrathimo.
Hagĩtigara Warigia na mwanake wake
O ũrĩa watihirio nĩ mũrũthi makĩmũhe rĩtwa Kĩhara

O ũrĩa ningĩ wamunyire Mwengeca rũcuĩrĩ.
No rĩu erĩ matiarĩ na ndigithũ tiga rũcuĩrĩ rwa Mwengeca

Warigia agĩteng'era nyũmba kwao,
Agĩcoka na ndigithũ ĩ na maaĩ,
We na mwanake wake makĩmĩoyanĩra
Makĩmĩiga magũrũinĩ ma Gĩkũyũ na Mũmbi.
Niĩ Warigia ndatigirwo gũkũ ndĩmũrorage, akiuga.

Ũyũ wa ngoro yakwa ndethurĩire o gatene
Na gũtirĩ ũndũ ũngĩekĩkire rũgendoinĩ
Ũgarũrĩre ngoro yakwa yone ũngĩ.
Maaĩ nĩ maaĩ! O na maya moimĩte kĩrĩmainĩ!
O na ithuĩ tũrathime na maya nĩ mo mararũngire magũrũ makwa.

Gĩkũyũ akiuga rĩu anake aya ti ageni
Tondũ nĩ mahanda ithĩgĩ mũciĩ.
Mũmbi na airĩtu macoke nyũmba yao,
Na anake o mũndũ nyũmba yake,
Twambĩrĩrie mambura thutha wa thikũ kenda.

19

Igongona rĩa Gũciaranwo

Thikũ kenda itanakinya, Gĩkũyũ na Mũmbi
Makĩmacokania ndundu rĩngĩ
Getha anake aya maciarwo rĩngĩ
Tũrũmie ũrũmwe ũrũme ũrũmanĩre
Mĩhĩrĩga ĩrĩa magaciara ĩgĩe marĩtwa:

Wanjirũ na Njirũ
Ciarwo rĩngĩ wĩtĩke Njirũ, amu
Waku wa ngoro nĩ Wanjirũ, hamwe
Mũrĩmage gũkuumia, na inyuĩ Njirũ ĩno
Mũrathimwo mũthegee hinya wa
Gwaka mũciũ wa Njirũ, getha
Mũciĩ na mũciĩ ciake nyũmba ya njirũ, na cio
Nyũmba na nyũmba ciũmbe mbarĩ ya Njirũ, nayo
Mbarĩ na mbarĩ ya Njirũ ĩkũrie wa Anjirũ
Mũhĩrĩga mũhĩrĩgo wa bũrũri mũrũmu.

Wambũi na Mbũi
Ciarwo rĩngĩ wĩtĩke Mbũi, amu
Waku wa ngoro nĩ Wambũi, hamwe
Mũrĩmage gũkuumia, na inyuĩ Mbũi ĩno
Mũrathimwo mũthegee hinya wa
Gwaka mũciũ wa Mbũi, getha
Mũciĩ na mũciĩ ciake nyũmba ya Mbũi, na cio
Nyũmba na nyũmba ciũmbe mbarĩ ya Mbũi, nayo
Mbarĩ na mbarĩ ya Mbũi ĩkũrie wa Ambũi
Mũhĩrĩga mũhĩrĩgo wa bũrũri mũrũmu

Wanjikũ na Njikũ
Ciarwo rĩngĩ wĩtĩke Njikũ, amu
Waku wa ngoro nĩ Wanjikũ, hamwe
Mũrĩmage gũkuumia, na inyuĩ Njikũ ĩno
Mũrathimwo mũthegee hinya wa
Gwaka mũciũ wa Njikũ, …

Wangũi na Thiegeni
Ciarwo rĩngĩ wĩ Ithiegeni
Amu Wangũi no we Mũthiegeni
Mũrĩmage gũkuumia, na inyuĩ Ngũi ĩno …

Waithĩra na Ngeci
Ciarwo rĩngĩ wĩ Ngeci, amu
Waku Waithĩra no we Wangeci
Mũrĩmage gũkuumia, na inyuĩ Ngeci ĩno …

Njeri na Mũcera
Ciarwo rĩngĩ wĩ Mũcera, amu
Waku Njeri no we Wacera …

Nyambura na Mwĩthaga
Ciarwo rĩngĩ wĩ mwĩthaga, amu
Nyambura no we Mwĩthaga …

Wairimũ na Gathigia
Ciarwo rĩngĩ wĩ Gathigia, amu
Wairimũ no we Gathigia ...

Wangarĩ na Ngarĩ
Ciarwo rĩngĩ wĩ Ngarĩ, amu
Waku nĩ Wangarĩ …

Warigia na Kamũyũ
Ciarwo rĩngĩ wĩ Mũyũ, amu

Waku no we Wanjũgũ kana Warigia kana Wamũyũ
Mũrĩmage gũkuumia
Mũrathimĩke mũthegee
Mwake mũciĩ wa Mũyũ
Mũciĩ na mũciĩ ĩtuĩke nyũmba ya Mũyũ
Nyũmba na nyũmba mbarĩ ya Mũyũ
Mbarĩ ĩhĩrĩge AicaKamũyũ
Mũhĩrĩga mũhĩrĩgo bũrũri mũrũmu.

Hau nĩ ho kĩhumo kĩa marĩtwa ma
Mĩhĩrĩga kenda mũiyũru
Ambũi, Anjirũ, Agacikũ, Angũi na no o Athiegeni
Angeci na no o Aithĩrandũ , Aceera,
Ethaga na no o Akĩũrũ kana Ambura,
Airimũ na no o Agathigia, Angarĩ,
Aicakamũyũ, na no o Anjũgũ
Kenda mũiyũru.

20

Ũhiki wa Mbere

Wa Njirũ na Wanjirũ nĩ guo wanjirie;
Wanjirũ ehumbĩte mũthuru wa rũwa rũhoro wega,
Rũtirihĩtwo na ngũgũtũ na ciũma mĩhari magũrũinĩ,
Mĩgathĩ mĩnyitu ngingo na ĩngĩ ĩkagwĩra nguo ya igũrũ gĩthũriinĩ,
Akinyũkia ũguo, hang'i matũ ikainaina itwaranĩte na mũkinyũkĩrie wake, nake

Mwanake nĩ nguo ya rũwa ĩramũiganĩra wega ta ombirwo nayo,
Ĩtũmage oneke arũngarĩte ta Nũngari wa Mũrũngarũ
Rũciinĩ Gĩkũyũ na Mũmbi magĩũkĩra tene riũa rĩtanaratha,
Makĩrũgama nja gatagatĩ, nyoni inyuranyurage mĩtĩinĩ, mĩena yothe
Makiuga thaai magĩtatagia maaĩ tĩĩriinĩ marorete Kĩrĩ Nyaga:

Mũmbi akiuga
Maaĩ nĩ mo muoyo wa andũ, nyamũ na mĩtĩ
Maaĩ nĩ mo maathondekire ndoro ya muoyo
Ĩrĩa yagwatirio ũrugarĩ nĩ mĩrũri ya riũa

Ikĩambĩrĩria kũhihia mĩhũmũ ya muoyo,
O na rĩu tĩĩri ũnyuaga maaĩ mbegũ igaciara.

Gĩkũyũ akiuga
Mwenenyaga Mũrungu Ngai Mũgai
Twehererie thahu kuma mĩena yothe;
Igũrũ, mũhuro, irathĩro kana ithũĩro
Reke ngoro ciaya itheranĩre ta maaĩ maya.

Mũmbi akiuga
Rathima ciana ici na maaĩ maya na
Tũcũcũ tũguka tũcũkũrũ rĩu mĩndĩ na mĩndĩ
Manyitithanie na hinya wa arĩa aitũ maathire tene
Arĩa me ho rĩu na arĩa magoka, ũtatũ wa muoyo.

Mũmbi na Gĩkũyũ makiuganĩra
Thaai thathaiyai Ngai thaai
Thaai thathaiyai Ngai thaai,
Thaai thathaiyai Ngai thaai

Mĩarahũko yakinya, na meroreirwo nĩ arĩ a nyina na anake ao,
Arĩa nao mehumbĩte kĩĩrorerwa kĩa njũwa, mĩgathĩ na magemio mĩthemba,
Wanjirũ na Njirũ makĩrũgama mbere ya Gĩkũyũ na Mũmbi;

Gĩkũyũ akiuga
Ũyũ nĩ ũhiki wa mbere mũciĩ ũyũ,
Rĩrĩ nĩ igongona rĩa gũkũngũĩra kĩambĩrĩria kĩa mũciĩ ũngĩ.
Theremai mũingĩhe gũkĩra njata cia matuinĩ.

Mũmbi akiuga
Kĩambĩrĩria gĩa kĩambĩrĩria ũingĩ,
Kĩambĩrĩria ngwacĩ nyingĩ.
Kĩambĩrĩria kĩa rũciũ rũngĩ

Gĩkũyũ akiuga
Muoyo nĩ ũrĩ na ndũrĩ kĩambĩrĩria
Muoyo nĩ ũrĩ na ndũrĩ kĩrĩkĩrĩro
Kĩambĩrĩria nĩ kĩrĩkĩrĩro na kĩrĩkĩrĩro nĩ kĩambĩrĩria.

Mũmbi akiuga
Kĩambĩrĩria na kĩrĩkĩrĩro nĩ itonyanĩte.
Kĩrĩkĩrĩro nĩ kĩambĩrĩria kĩa mũkinyũkĩrie ũngĩ,
Kĩrĩkĩrĩro kĩa ũndũ ũmwe nĩ kĩambĩrĩria kĩa ũrĩa ũngĩ,
Gĩkuũ kĩa mbeũ ĩmwe nĩ maciaro ma iria nyingĩ.

Gĩkũyũ akiuga
Kĩambĩrĩria kĩerũ kiumaga harĩ kĩrĩa gĩkũrũ,

Kĩrĩa nakĩo kĩambĩrĩirio nĩ kĩambĩrĩria kĩngĩ
Gatagatĩinĩ ga kĩambĩrĩria na kĩrĩkĩrĩro,
Nĩ harĩ twambĩrĩria na tũrĩkĩrĩro tũingĩ, ta marũngo ma kĩgwa,
Gĩtina na mũthiya nĩ itonyanĩte: kĩnenganĩrĩrio kĩa muoyo.

Mũmbi akiuga
Indo ici tũkũmũhe nĩ kĩambĩrĩrithia kĩa ũtũro mwerũ; tondũ
Wee mũirĩtu woima thome ũyũ; mwanake thome ũngĩ,
Inyuerĩ mwambĩrĩrie thome ũngĩ mwerũ,
Thome na thome igaka thome wa gatatũ,
O ũguo o ũguo kĩnenganĩrĩrio kĩa muoyo.

Gĩkũyũ akiuga
Indo ici nĩ cia kũmumagaria rũgendoinĩ rwa muoyo,
Mũndũ agĩthiĩ rũgendo nĩ atumagwo rĩgu.

Mũmbi akiuga
Na twamũnengera rĩtwainĩ rĩa aciari,
Arĩa twĩ haha na arĩa matanahota gũkorwo haha.
Kuma ũmũthĩ aciari a mwanake na aciari a mũirĩtu,
Marĩrutaga kĩambĩrĩrithia kĩa mũciĩ mwerũ,
Kumagaria ciana na kũmambĩrĩrithia mũciĩ mwerũ.

Gĩkũyũ akiuga
Kuma rĩu mwanake ũyũ nĩ mũriũ wakwa
Arĩnjĩtaga awa; kuma rĩu aciari anyu nĩ ana.
Arĩa rĩu twatuma ũthoni
Arĩa mũgũciara marĩnjĩtaga guka
Na mageta ithe wa mwanake guka.

Mũmbi akiuga
Naniĩ makanjĩta cũcũ,
Na nyina wa mwanake cũcũ.
Rĩu mwanake ũyũ nĩ kĩhĩĩ gĩakwa,
Kĩrĩnjĩtaga maitũ kana nyaciara
Nawe wĩtage nyina wake nyaciara.

Kĩambĩrĩrithia mũciĩ mwerũ
Hiũ igĩrĩ cia kũrĩma nĩ cio mambire kũheo
Magĩcoka makĩheyo mbegũ cia kũhanda,
Mwere, mũhĩa, ngwacĩ, ikwa na ndũma.
Makĩamũrĩrwo indo cia muoyo igĩrĩ igĩrĩ:
Kamori na gategwa; harika na thenge; kagondu na gatũrũme.

Makĩoroterwo gwa kuna gĩthaka,
Magĩtue mũgũnda wa kũrĩma,

Na kũu kũngĩ gwa kũrĩithĩria mahiũ.
Makĩheyo nyũngũ, ciuga na inya, nene na tũniini.
Makĩheyo matimũ merĩ na ngo igĩrĩ,
Na nguo na magemio mangĩ.

Igongona rĩa kwenyũrana njahĩ
Wanjirũ na Njirũ wake makĩenyũrana njahĩ ĩmwe,
Makiuga marĩhandaga na kũrĩmĩra marĩ hamwe,
Kũnyitanĩra wĩra kũringana na ũhoti wa mũndũ,
Atĩ njahĩ ĩrĩa yoneka makenyũrana na gĩtĩyo.

Gĩkũyũ akiuga
Tondũ rĩu nĩ mwenyũrana njahĩ ĩmwe:
Mũrĩmage gũkumia,
Mwĩhũnagie na mũhũnagie ciana.

Magĩcoka mwanake agĩtinia nyama njororo ya kĩande akĩne wake,
Wanjirũ akĩoya kahiũ agĩtinia kororo o ho akĩnengera wake.

Mũmbi akiuga
Tondũ rĩu nĩ mwatinanĩria kĩande kĩa mbũri,
Moko manyu nĩ mohithanio gĩtinainĩ kĩamo,
Mũrĩithagie igaciara ingĩ na ingĩ,

Moko manyu nĩ mohanio hamwe.
Marĩmage gũkuumia.

Gĩkũyũ na Mũmbi makiuganĩra
Mũthuuri na mũtumia mwake mũciĩ mwerũ,
Mũrathimwo mũtũciare nao matũciarĩre tũcũcũ,
Muoyo nĩ kĩnenganĩrĩrio.

Gĩkũyũ akiuga
Na mũtumia nĩ we ũkuuaga mũnenganĩrĩrio ũcio,
Muoyo, wĩ wa arũme kana wa airĩtu, mĩeri kenda,
Mũtumia nĩ nyina wa muoyo.
Tondũ nĩ we ũkuuaga nyũngũ ya muoyo.
Mũtumia nĩ mũmbi tũkamũcokeria ngatho.

Iheyo ciarĩka, Wanjirũ na Mũthuri wake makiumagario
Na nyĩmbo na ndarama nginya nyũmbainĩ yao,
Airĩtu mainage rwa kũmumagaria akiuma kĩrĩrĩ,
Nao anake arĩa angĩ nĩ kũrurumĩria, amwe ao
Makĩeraga mwena na mwena gũtwarana na rwĩmbo.

Gĩkũyũ na Mũmbi magĩthiũrũrũka nyũmba ya Njirũ na Wanjirũ,
Mũmbi arutĩtie mwena wa ũmotho, Gĩkũyũ wa ũrĩo

Makĩminjaga maaĩ na icuthĩ magĩtũngana mũrangoinĩ:
Njirũ na Wanjirũ makĩingĩra mũciĩ wao
Makiugagĩrwo ngemi nĩ acio angĩ.

Mohiki macio mangĩ mekirwo o ta ũcio wa mbere.
O thikũ kenda ciathira, ũhiki,
Wa Wangũi nĩ guo warĩ wa kenda
Rĩu hagĩtigara wa Warigia
Mahingie ũhiki wa kenda mũiyũru.

21

Warigia

Thikũ ingĩ kenda ciathira maitho makĩrora kwĩ Warigia na mwanake wake,
O ũrĩa waremirwo nĩ gũthiĩ na arĩa macokeire kĩrĩmainĩ,
O ũrĩa watihirio nĩ mũrũthi makĩmũtua Kĩhara
O ũrĩa ningĩ wamunyire Mwengeca rũcuĩrĩ rũrĩmĩinĩ
Acio angĩ othe mamwendete ta maciaranĩirwo hamwe, tondũ wa

Kũrĩanĩra na kũnyuanĩra na kũnyitanĩra mbaara, na
Mwanake ũyũ nowe wambire kũregana na marimũ ma mũnyũ werũinĩ.
Na airĩtu a nyina, othe kenda, makenda Warigia tondũ
Nĩwe warĩ kĩhinga nda kĩao othe,
Na othe nĩ maamũrerire, macindanage nũũ ũkũmũkuwa na ngoi, kana

Kũmũhe irio, kũmũthambia kana kũmũhumba nguo.
Warigia akũrire na akĩigana othe makĩmuonaga makĩmũnanagia
Ũhiki wake wamakenagia othe mũno na marĩ na iheyo nyingĩ.

No Gĩkũyũ na Mũmbi matanambĩrĩria kĩrathimo,
Mwanake akĩũria etĩkĩrio oige kiugo kĩmwe.

Ndĩrenda kwarĩria Awa na maitũ, mwanake akiuga
Amu ndingĩmwĩta ũndũ ũngĩ,
Tondũ mũnyamũkĩire o ta mwana wanyu,
Ndĩrenda mũmenye atĩ ndigarũrũkĩte o na ha
Ngoro yakwa na ya Warigia iratuuma ũndũ ũmwe.

No nĩ ndĩraigua ndingĩhota kũhingia watho ũrĩa,
Wa atĩ no mũhaka mũthuuri na mũtumia maikare o gũkũ.
Tondũ, o na ngoro ĩkĩendaga gũikara gũkũ
Nĩ ndĩraigua ngĩgucio nĩ kũrĩa ndoimire, na nĩ ndoria
Njĩtĩkĩrio njoke na Warigia gwitũ, we na aciari akwa mamenyane.

Nĩ weka wega kumbũra ũrĩa ũragũtanga ngoro, Gĩkũyũ akiuga:
Amu kĩrĩ ngoro gĩtihootanaga.
Ciugo ciaku nĩ ciatheca ngoro ndĩ mũciari,
Mwana kũririkana mũmũciari nĩ kĩrathimo
Ningĩ mũciarwo nowe ũtuĩkaga mũciari.

No ningĩ gwakwa gũtirĩ wa nda na wa mũgongo,
Nĩ kĩo ndagwetire watho ũcio ngoro itanahungurana,

Na arĩa maaremirwo nĩ guo, magĩthiĩ.
O nawe ndingĩkũgiria wĩke ũrĩa ũkwenda!
No Warigia ndegũtigithanio na aya angĩ.

Mwanake akĩrora Warigia ta ũyũ waringwo iringa ngoro,
Akinya makinya maigana ũna ta arĩ gũthiĩ,
Akarũgama akehũgũra ta arĩ ũyũ ũrenda gũcoka.
Rĩrĩ rĩngĩ agĩkinyũkia kahoora na ya thome.
Warigia ndetĩkagia atĩ mwanake no athiĩ.

Nĩ ndĩmwendete inyuothe arĩ-a-maitũ, Warigia akĩaria,
Awa na maitũ makĩria, tondũ nĩ aciari akwa,
Na ndoigire ndikamatiga gũkũ marĩ oiki
No niĩ ndiretĩkania na watho ũyũ, tondũ
O na anake aya nĩ andũ o ta niĩ, na nĩ maatigire kwao,

O na inyuĩ mwoimire kũraya mũgĩtoria mathĩna,
Mũgĩaka mũciĩ haha Mũkũrũweinĩ wa Gathanga.
Ndatũũra haha ndĩriugaga no maitũ ũĩ kũruga wega.
O naniĩ nĩ ngũrũmĩrĩra ngoro yakwa, o ta inyuĩ
O na niĩ nĩ ngumagara ngacarie mũkũrũweinĩ wakwa.

Warigia ndetereire ithe kana nyina moige ũndũ,
Ngoro ndĩkahũthe ericũkwo, amu nĩ amendete mũno,
Na kuma aciarwo gũtirĩ muoyo ũngĩ oĩ tiga wa aciari ake.
Akĩoya magũrũ arũmĩrĩire ngoro yake,
Nao airĩtu a nyina makĩmũrũmĩrĩra makĩinaga:

Rara rara
Rara
Rara na nĩ we
Rara
Wangere ĩyo
Rara
Ya maĩ na mũtu
Rara
Warigia witũ
Rara
Woigire ndũkandiga
Rara
Na rĩu nĩ wathiĩ.

No rũu rũtiarĩ rwa kũmũruta kĩrĩrĩ,
Rũrũ rwarĩ na kĩeha kĩa mũtigano.
Maacokire mũciĩ Warigia wao abuĩria.

Gĩkũyũ na Mũmbi mahanire ta aya morwo nĩ kanua,
No ningĩ o erĩ makeyona kĩĩgainĩ kĩa Warigia,

Tondũ ekire o ta ũrĩa o meekire,
Kũrũmĩrĩra ngoro ciao
Gĩĩko kĩu gĩkamaririkania mũhũũro wa ngoro ciao tene.
O na akorwo o nĩ ũgwati watũmire moye rũgendo.
Warigia nĩ we wamatũkia.

Gĩkũyũ akiuga
Thaai mwenenyaga rora ciana icio,
Riũa rĩara mũno ũmonie kĩĩruru,
Mbura yoira mũno, ũmonie ha kwĩyũa,
Matũngana na nyamũ njũru,
Mĩhumbe maitho ndĩkamone.
Mehererie marima, mĩrimũ na marimũ njĩrainĩ.
O kũrĩa marĩrĩkĩrĩria nĩ akwa.

Mũmbi akiuga
Thaai nĩ gũtuĩke guo,
Thaai makinyĩre njĩra gatagatĩ,
Thaai o na o nĩ makanjiarĩra tũcũcũ na tũguka.

22

Kumagwo nĩ Gũcokagwo

Mbarĩ ya kenda nĩ yathegeire,
Makiuna ithaka magĩcitheria,
Magĩtheremia mahiũ, magakama iria
Makĩaramia mĩgũnda makĩhanda
Igĩkũra makĩgethera makũmbĩ

No gũtirĩ kĩarehire gĩkeno,
Ta rĩrĩa Kenda yaiguire,
Nyũngũ ya muoyo yambĩrĩria kwarama,
Nda kenda igatuĩka gĩthiũrũrĩ gĩa itunda,
Makĩmenya mũruru wa muoyo nĩ warura,

Makagegio nĩ kĩama gĩkĩ muoyo gũkuwa muoyo ũngĩ,
Gũthoithĩra mĩĩrĩinĩ yao, makaririkana ũrĩa Gĩkũyũ oigire,
Atĩ mũtumia nĩ nyina wa muoyo wĩ wa kairĩtu kana kahĩĩ,

Na wega no ciana igocage ithe na nyina wao hingo ciothe,
Na makĩria nyina ũrĩa wamakuire mĩeri kenda.

Ciana ciambĩrĩria gũka,
Gĩkeno kĩngĩ gĩgĩtuthũka
Icio ngemi ithano cia kahĩĩ,
Icio ingĩ ithano cia kairĩtu,
Aciari a rũciũ rwa rũrĩrĩ!

Iruga rĩa gũcũgia ciana kenda ũngĩ,
Rĩgĩthagathagwo, nyĩmbo igĩtungwo,
Ndarama, mĩtũrirũ na ciĩgamba igĩthagathagwo,
Kwamũkĩra kenda ũngĩ wa tũhĩĩ na tũirĩtu,
Nyũmba ya Mũmbi yanjirio nĩ mũtumia na mũndũrũme.

O rĩrĩ iruga rĩatua kwambĩrĩria,
Makĩona mũrũthi thome,
Wĩhandĩte na magũrũ merĩ ta,
Ũrenda kũmarũgĩrĩra,
Anake magĩteng'erera matimũ,

No Gĩkũyũ akĩmera matĩmĩre, tondũ
Mũciĩ ũcio ndũrĩ woimĩrĩrwo nĩ mũrũthi

Umĩte na thome kana na nyunjurĩ.
O hĩndĩ ĩyo mũrũthi ũrĩa ũkĩĩguũria mũtwe,
Na othe makĩamba kũmaka,
Magĩcoka kũrekia rũbu rwa gĩkeno.

Tondũ monire Warigia arũngie thomeinĩ,
Nda yake ĩigana o ta ciao rĩrĩa mararĩ hakuhĩ,
Na kamũira mamũrie nĩ atĩa ici cia mũrũthi
Nĩ ambĩrĩirie kũrũmwo, mwana akĩũria ahingũrĩrwo,
Iruga rĩa gũcũgia kenda rĩgĩtuĩka rĩa gũcũgia kenda ũngĩ mũiyũru.

Warigia akiuga
Nĩ ndakena nĩ kũnyamũkĩra,
Mũgogo wa kũringa rũũĩ mũtiaweheririe
Hatirĩ nganja kumagwo nĩ gũcokagwo.
Kuma ndĩ o mũnyinyi ndũire nyenda gũkinya
Makinya marĩa Gĩkũyũ na Mũmbi mwakinyire,

Ngerere njĩra mwagereire,
Nyuĩrĩre kiuga mwanyuĩrĩire,
Ndĩthambe na ta marĩa mwethambire namo
No mwĩĩro wa ngoro ndũkinyaga,
Kana ndũkinyaga ta mũrotere.

Wa magũrũ makwa nĩ mũũĩ,
Mwĩrĩ mũgima wĩhandĩte magũrũinĩ ma mwana
Atĩ rĩrĩa mwathiĩ mũtitũ kũhĩta
Ndaatigagwo haha nja ngĩrĩra.
Na nĩ guo naniĩ ndambĩrĩire kwĩruta kũratha,

Kũnoora wathi wakwa na nyoni kana itugĩ
Nginya maitho makwa makĩmenyera kuonaga
Njĩra o na ĩ rĩerainĩ atĩ ndathimithia mũguĩ
Maitho makwa nĩ mambĩte kuona harĩa ũkũgera
Mwakinya mũciĩ ngakorwo hithĩte mĩguĩ yakwa.

O na kũhaica mĩtĩ nĩ ndageragia
O na kũrũga kũroria harĩa ingĩhota na magũrũ macio
O na inyuĩ nĩ mũũĩ ũrĩa ndendete kwĩĩkĩra maũndũ
Kwĩyonia atĩ wonje wa mwĩrĩ ti wonje wa ngoro
Na ngoro na kĩongo nĩ cio ciathaga mwĩrĩ.

Rĩrĩa maitho makwa magwĩrĩire ũrĩa mwetire
Kĩhara Ngĩigua ngoro yakwa yahenũka ngiuga ũyũ nĩ we
O na athiĩ kĩrĩmainĩ ndaiguwaga ta tũrĩ o hamwe
Rĩmwe ngĩthiĩ rũũĩinĩ harĩa mwethambĩire na njikarĩire ihiga
Ngĩigua ta ndaigua mũgambo wake rũũĩinĩ

Nĩ kĩo ndaarokaga rũũĩinĩ o mũthenya
Ngaigua ta aranjarĩria kũnjĩra ndĩyũmĩrĩrie
Rĩngĩ akanjĩra tũthake maaĩinĩ
Na ũguo nĩ guo ndaatindagĩra
Gũthaka na makĩria gũteng'erania nake maaĩinĩ

Rĩrĩa rĩmwe ndaiguire kahinya kanyingĩra magũrũ ndietĩkagia
Ngĩcoka ngĩona nĩ ndĩrahota kwĩrũgamia maaĩinĩ
Ngĩambĩrĩria gũkinyũkia maaĩĩinĩ ndoretie moko kwĩ wa niĩ
Rĩrĩ rĩngĩ ngĩgeria thĩ nyũmũ na ngĩigua nĩ marerũgamia
Nĩ rĩo mũthenya ũmwe ndoimĩrĩire aciari akwa na magũrũ marũngarũ.

Thutha ũcio nĩ rĩo mwacokire kuma kĩrĩmainĩ
Na ngĩmenya atĩ mũthenya ũrĩa ndainũkire na magũrũ makwa
No rĩo mwanake wakwa amunyire rũcuĩrĩ rwa Mwengeca
Na mwacoka kuma kĩrĩmainĩ ngĩigua ngoro yakwa ĩrĩ o harĩ we
Nĩ kĩo rĩrĩa oigire nĩ egũthiĩ naniĩ ngĩmuma thutha.

Ndamũkorire aremereire mũhuro wa thome
Arigĩtwo kana nĩ gũthiĩ andige,
Kana nĩ acoke athaithe Awa o rĩngĩ,
Na rĩrĩa anyonire akĩhana ta ariũka,
Nyoni ya ithagu rĩmwe ĩkĩgĩa mathagu,

Ngũkiuga atĩa? Nĩ ma tuombũkire,
Na nĩ tuonire magerio maingĩ,
Gũteng'erio nĩ nyamũ na marimũ,
No wa niĩ ndangĩenyenya
We no kũmenyithia marĩa mwamenyeire rũgendoinĩ,

Twathiire thĩ nyingĩ mĩthenya mĩingĩ
Na o rĩrĩ anyonia ndogo ya kwao,
Ngĩrũgĩrĩrwo nĩ mũrũthi,
Wa niĩ akĩrũgania naguo ũtananginyĩra,
Makĩng'eng'ana kũgaragarania,

Ndiũĩ kũrĩa arutire hinya ũcio,
No mũthiainĩ nĩ aũikirie itimũ akĩũtheca,
Ngĩigua igoromoka rĩa kũhehia thakame
Mũrũthi ũgĩtigania mwanake ũkĩũra
Wũi, ngĩthiĩ harĩ we no maitho marandora,

Aririe o kiugo kĩmwe tu, atĩ njoke gwitũ,
Agĩcoka agĩkira ikira rĩrĩa rĩtatumũkagwo.
Nĩ ndang'eng'anire na mwĩrĩ, na ngĩmũthika.
Naniĩ ngĩamba gũikara hau maithori matiroima kana kĩĩ
O na gwĩciria ũrĩa ngwĩka kana itegwĩka ndirahota.

Ndĩrĩ o hau nĩ guo ndaikirie ritho na kũrĩa mũrũthi worĩire
Na ngĩwona wĩ handũ tũhutiinĩ ũnjikĩtie ritho
Ngĩririkana ũrĩa mũtwĩraga atĩ mũrũthi wacama thakame
Ũhanaga ta ũyũ wongererwo nyota wa thakame
Na ngĩambĩrĩria gwĩciria ũrĩa ngwĩthara ndĩũrĩre.

Itanakinyũkia ngĩigua ngunyĩrĩrĩ mwĩrĩ ngĩhũgũra
Mũrũthi ũrĩa, itimũ rĩrĩa wathecetwo narĩo rĩrĩ mwĩrĩ,
Ngĩwona ũteng'erete na kũrĩ niĩ ũninanĩrie na mũthuri wakwa
Naniĩ mĩtũkĩ ũta na mũguĩ moko ngĩũratha ũngĩ na ũngĩ
Ngĩona watĩmĩra ũgĩcoka ũkĩũra ũrorete na kũu gĩthaka.

Mũrũthi ũcio wanjũragĩra mũthuri ndũtiga kũũragana,
Ngũũcaria mũtitũ wothe irĩma ciothe mĩkuru yothe,
Ngũũrũmĩrĩra nginya mũico wa thĩ ndũkanaite ya ũngĩ.
Ngĩcoka ngĩũngania itimũ rĩa mũthuri o hamwe na mĩguĩ yake
Ngĩcuuria irangi igĩrĩ ng'ong'o ngĩingĩra mũtitũ.

Ngĩrũmĩrĩra gacĩra ga thakame
Mũthenya na ũtukũ ndĩrĩ o thahainĩ
Nginya mũthenya ũmwe kĩrũciinĩ
Ngĩwona ũkomete handũ nyekiinĩ
Ndarĩ mũnogu no ngĩigua ta ndaigua hinya ũngĩ,

Ngĩcaria handũ he na mĩtĩ ĩĩrĩ
Yahũkaine yumĩte gĩtina kĩmwe
Ngĩcomora mũguĩ ngĩĩũgeta ngĩratha
Mũrũthi ũkĩrũga wathamĩtie kanua ũkĩte na harĩa ndaarĩ
Ngĩĩũkia itimũ kanua ngĩrũmĩrĩria na mĩguĩ

Wagwa ngĩĩũthĩnja rũwa.
Ngĩrũigĩrĩra kĩande njarie njĩra ya kũinũka
Ngĩcoka ngĩnyitwo nĩ rĩciria rĩa gwĩkunĩka na rũwa
Rwa mũrũthi o ũcio ũrandunyire mũthuuri,
Nyamũ na marimũ makanjeherera njĩra, na

Ngeyũmĩrĩria atĩ niĩ na wa niĩ tũrĩ o hamwe,
Na ningĩ ndĩ mwarĩ wa Gĩkũyũ na Mũmbi,
Wanjũgũ ũrĩa waiyũririe kenda ũgĩtuĩka mũiyũru.
Nĩ niĩ ũyũ rĩu na kĩongo kĩa mũrũthi ũcio,
O hamwe na rũũwa,

Nĩ getha muoyo ũyũ twathagayana,
Mwana ũyũ muoigĩra ngemi ithano
Ngamwonagia ũrĩa ithe akuire,
Atĩ kũna oragirwo nĩ wendo,
Wa aciari ake na wa mũtumia wake.

23

Magongona ma Gũkindĩra Ũthoni

Gĩkũyũ na Mũmbi, na arĩa othe magomanĩte,
Nĩ maamakire mũno nĩ ũgwati ũcio watunyire Warigia mũthuri,
No ningĩ makagegio nĩ ũcamba wa mwanake na wa Warigia.
Gĩkũyũ na Mũmbi magĩtua atĩ, nĩ ũndũ wakũririkana mwanake ũcio,
Na gũkenera Warigia gũcoka e muoyo, magongona ma ũhiki mekuongerereka ũũ:

Matega ma kũhanda ithĩgĩ na aciari kũmenyana
Aciari a mwena wa mwanake magatega kwa aciari a mũirĩtu:
Thutha wa ndĩa mwanake agekĩra mũirĩtu mũgathĩ ngingo.
Gũkainwo nyĩmbo, kũhũra mahembe na kũhuha coro na mĩtũrirũ.
Maikaranga nao aciari a mũirĩtu magatega kwa aciari a mwanake.
Thutha wa ndĩa mũirĩtu agekĩra mwanake ngwaro guoko,
Gũkĩinagwo nyĩmbo na ihembe na coro na mĩtũrirũ.
Matega macio merĩ nĩ ma kĩmenyano kĩa mũciĩ ũyũ na ũyũ,
Matega macio meerĩ nĩ mo igongona rĩa kũhanda ithĩgĩ.

Igongona rĩa kwenyũrana njahĩ
(kana iruga rĩa kĩambĩrĩrithia mũciĩ)

Magongona ma kĩambĩrĩrĩthia magoka mũthenya ũngĩ,
Aciari a mwena ũyũ na ũyũ ũngĩ magategera ahikania,
O ta ũrĩa Gĩkũyũ na Mũmbi meekire harĩ kenda,
Indo cia kũmateithia kĩambĩrĩria kĩa mũciĩ mwerũ.

24

Kwĩgaya kwa Gĩkũyũ na Mũmbi

Mĩeri kenda yathira kuma Warigia acoke kwa aciari mũciĩ,
Gĩkũyũ na Mũmbi nĩ metirie mũgomano wa Kenda Mũiyũru
Na athuuri ao kenda mũiyũru na tũcũcũ na tũguka twao
Makĩrĩa irio makĩnyua ũcũrũ makĩina makĩhũra ihembe
Hwaĩinĩ gũtanagĩa gatuma akĩmaarĩria:

Gĩkũyũ akiuga
Rĩu nĩ mũrona mbuĩ nĩ ciahumbĩra kĩongo,
O na mĩgambo itũ nĩ yagire hinya,
Guoko gũtingĩikia itimũ kana kũrũmie rũhiũ,
Maitho matingĩona gĩthiũrũrĩ tũrathe mũguĩ, no tũrĩ arathime:
Kenda mũiyũru nĩ mwatũhee mĩhĩrĩga kenda.

Ihinda ritũ nĩ ikinyu,
Rũciũ nĩ tũgũthiĩ rũgendo rũngĩ,
Tũrorete kĩrĩmainĩ harĩa tuoimire, kĩrĩma

Kĩrĩa o na inyuĩ mwambatire rĩmwe na mũgĩcoka
No twaga gũcoka, ngũmũtigĩra ciugo ici:

Mũtikanjarie waganuiinĩ
Mũtikanjarie ũtunyaniinĩ,
Mũtikanjarie ũgũtainĩ,
Mũtikanjarie ũnũhuinĩ,
Mũtikanjarie rũmenainĩ
Mũtikanjarie mbaarainĩ itarĩ kĩene
Mũtikanjarie thakameinĩ ya ũnũhu
Amu rĩtwa rĩakwa ti rĩakũgwetagwo
Nĩ tũnua tũraharĩria gwĩka waganu.

Mũmbi akiuga
Njariai maaĩinĩ,
Njariai rũhuhoinĩ,
Njariai tĩĩriinĩ,
Njariai mwakiinĩ,
O na riũainĩ
O na njatainĩ,
Njariai mburainĩ,
Njariai mahandainĩ,
Njariai magethainĩ,

Njariai wendaniinĩ,
Njariai ũrũmweinĩ,
Njariai ũteithanioinĩ,
Njariai harĩ arĩa marahinyĩrĩrio
Nĩ gũkinyĩra ma na kĩhooto
Arĩa marahe ahũtu irio, anyotu maaĩ.
Njariai harĩ arĩa marateithia arwaru,
Njariai harĩ arĩa matarĩ na gĩa kwĩhumba kana ha gũkoma.
Njariai harĩ arĩa marakũria rũrĩrĩ na bũrũri ũmũndũinĩ wa andũ.

Gĩkũyũ na Mũmbi makiuganĩra
Mweka ũguo,
Twĩ hamwe na inyuĩ
Rĩu na hingo ciothe mĩndĩ na mĩndĩ.

Ngatho

KANYA GATUNE NĨ MWAMŨKANĨRO. NĨ NDAMATHIRE KĨRĨRA KUMA kũrĩ arĩa mooĩ. Amwe makanyongerera ũhoro ũkamata; angĩ makandeithia kũrũnga haha na harĩa!

Amu, ingĩaria ma, rũrũ rũgano rwaganirwo tene nĩ ciĩko cia rũrĩrĩ kuma hĩndĩ ya Gĩkũyũ na Mũmbi na Kenda wao mũiyũru. Kwa ũguo haha ngũgweta anyinyi!

Njeeri wa Ngũgĩ; Njaũ wa Njoroge na Wambũi; Mũkoma wa Ngũgĩ; Wanjikũ wa Kabĩra; Kĩmani wa Njogu; Kĩarie Kamau; Kimani wa Nyoro : na Julius Maina Mũcori wa mbica. Nĩ ngũcokeria Emmanuel Kariũki ngatho, nĩ ũtuĩria wake ũrĩa wonanĩtie atĩ kĩhumo kĩa Agĩkũyũ na kĩa aingĩ arĩa meeĩtaga ciana cia Mũndũ, ta kĩarĩ mwena wa Mithiri. Mburogi ciake nĩ ho ndamenyeire atĩ kiugo mũtumia gĩtanĩtio na mũtamaiyũ. Nawe Kamoji Wachira twanaria nyingĩ ciĩgiĩ rũthiomi na ũkũria wa Kenya na Abirika, na cia thama cia andũ airũ Abirika.

ć